같이 걸을까

같이
걸을까

일상, 산책, 여행, 감성, 계절

윤정은
지음

팬덤북스

Prologue

사람을, 길 위를, 계절을, 감정을, 산책할 여유.
사소한 아름다움과 슬픔을 놓치지 않고 느낄 수 있는
마음.
그것이 바로 오늘을 살게 하는 이유가 아닐까.

– 〈오늘 산책에서 돌아와〉 중에서

겨울밤의
긴긴 생각들

추운 날의

✖

허기

바짝 마른 나뭇가지가 바람에 휘청거리면 외로움이라는 허기는 더욱 짙게 드리운다. 음식을 입에 넣어도 허기는 채워지지 않고 몸은 차다. 이럴 때 다정한 이와 따뜻한 음식을 먹는다면 외로움이라는 허기는 채워지지 않을까.

그런 날이면, 따뜻한 스프를 입에 가득 떠 넣는 상상이 머릿속을 떠나지 않는다. 정성 들여 끓여 낸 갈색 빛의 맑은 양파 위에 올려진 모차렐라 치즈가 직- 늘어나며 입안에 들어온다. 여기에 갓 구워 낸 따뜻한 바게트 빵을 국물에 찍어 다시 입에 넣는다. 국물만 한 스푼 떠서 입에 넣는다. 양손에 가볍게 쥐어지는 작은 스프 그릇에 데지 않도록 호호 불며 스프를 먹는다. 상상만 해도 마음이 따뜻해진다.

추운 날에는

따뜻한 음식을
먹는 거라고

누가 가르쳐 줬을까

그러고 보면 따뜻한 음식은 영혼까지 따뜻하게 데워 준다.
편의점에서 파는 김이 모락모락 나는 호빵
양손으로 쪼개는 순간 침이 고이는 군고구마
따뜻한 방바닥에서 이불을 덮고 먹는 아이스크림
만화책을 쌓아 놓고 까먹는 귤에 노랗게 물든 손가락
그리고 지금 이 순간에도 지글지글 끓고 있는 따뜻한
음식들이 있기에 지루하게 긴 겨울을 버텨 낼 수 있다.

주말에는 친구들과 만나 잔을 기울이며 허기를 채워야지.
이런 날은 겨울밤이 긴 것도 꼭 나쁘지만은 않다.

여행의

✖

이유

비행기에서 내려 렌터카를 찾고 허겁지겁 늦은 점심을 먹었는데 결국 체했다. 여행지에서 체하다니. 사소한 아픔은 혼자 있을 때 서러움이 배가 된다. 저런 배를 부여잡고 약국을 찾아 시내를 돌고, 한 시간 반을 운전해 예약한 숙소에 도착했다. 사진으로 보기에 낭만적이던 바닷가 앞 펜션은 겨울바람이 세차게 몰아치며 스산하다.

보일러를 틀었다고는 하지만 냉기가 도는 추운 방에 들어가 누웠다. 침대에 앉아 창밖을 보니 바다가 보인다. 가만히 있어도 바다가 동공에 새겨지는 그런 방에서 낡은 텔레비전을 켜 놓고 핫 팩을 껴안은 채 도시의 따뜻한 집을 그리워한다.

한겨울에 혼자 집 떠나 고생이구나.

시간은 오후 다섯 시. 벌써 어두워진다. 낡은 침대에 누워 자다 깨기를 반복한다. 아무리 많아도 갈치조림 2인분은 꼭 시켜 먹고 말아야지, 내일은 꼭 먹어야지라고 다짐하며.
느리게 밤은 가고 아침이 왔다. 다행히 체기는 내려갔다. 커피를 타 창문 앞에 앉아 바다를 본다.
밤새 들리던 파도 소리, 새소리, 나의 숨소리까지. 고요한 공간 속에서는 모든 소리가 음악이다.

바람을 느끼러 겨울 바다에 왔다면 제대로 찾아왔다.
바람은 야속할 정도로 차갑고 많이도 분다.
계절과 어울리지 않는 야자수가 뿌리째 흔들리도록.

뜨거운 물과 찬 물이 제 기분 내키는 대로 나오는 수도꼭지를 붙잡고 머리를 감는다. 숙소를 나서며 차에 시동을 건다. 어디로 가야 할지 고민하다가 습관적으로 협재 해변으로 운전대를 돌린다. 협재로 가는 길, 금능 해변이 있는 마을에 들러 골목을 거닌다.

아, 이 겨울에도 꽃은 피는구나.

희망이 없어 보이는 순간에도 생명은 제 몫을 다해 새것을 준비하는구나.

발걸음 끝에 닿은 식당에 들어가 보말 죽 한 그릇을 깨끗이 비웠다. 속이 뜨뜻해진다. 속이 뜨뜻해진 것만으로도 충분히 행복하다. 파도가 거세다. 아마 배는 뜨지 않겠지.

바다가 보이는 카페에 들어가 카푸치노를 시키고
책을 읽다, 말다
한다.

여행의 이유.
가만히 있기.

내가 부는
방향에

✱

당신이 서 있다

내가 부는 방향에 당신이 있다.

바람 같은 나의 발길과 생각을 가로막지 않는 당신을 만
났다. 폭풍우가 치건, 따스한 봄바람이 불건, 잔잔한 공기 속
에 흐르건 바람의 방향과 무관히 당신의 호흡은 일정하다.

가로막히지 않는 바람은 자유롭다.
가로막히지 않는 바람은 머물고 싶다.

홀로 떠난 검은 바위가 있는 바닷가에서
바다가 보이는 카페에 앉아 지도를 펼쳤다.

내가 부는 방향에
당신이 서 있다

당신과 함께 이 도시에 와 걷고, 마시고, 웃고, 보여 주고 싶은 곳들을 보라색 잉크가 든 펜으로 동그라미 친다.

당신이 좋아할 만한 음식들과 눈을 동그랗게 뜨고 좋아할 장소들을 적으며 나는 행복해진다. 호기롭게 그 장소에 데려가고 당신은 기뻐하겠지.

데일 듯 뜨거운 열정만을 사랑이라 생각했던 거센 바람은 집안에 흐르는 공기처럼 잔잔한 사랑과 만나 잠잠해진다.

혼자 있어도
혼자이지 않은
이 바다에서
내가 부는 방향에 당신이 서 있다.

바람,
그 차가운

✖

온기에 대하여

2월, 섬의 바람은 변심한 애인마냥 매섭다.

3월의 바람은 차가웠던가.
5월의 바람은.
7월의 바람은.
11월의 바람은.

바람의 색은 계절마다 각기 다른 것으로 기억된다.
매서워도 꽃은 피기 마련이다.

겨울의 한창에서 봄을 그린다.
봄이 오면 꽃이 필 테니까.

바람의 색은
계절마다
각기 다른 것으로

기억된다

저 지리에서 만난 홍매화의 색이 곱다.
'돌아가면 홍매화 색 니트를 꺼내 입어야지'라고
생각하며 길을 걸었다.

바람은 차고
혼자라 외롭다.
그리고
외로울 자유에 대해 생각한다.

기다려 주는 이의 붉은빛 마음이 있기에
외로워도 쓸쓸하지 않은 이 길을 걸으며.

묻지

✖

말아요

아무것도 묻지 말아요-
어떤 색을 가진 사람인지 알아내려 애쓰지 말아 줘요.

나는 어디에도 없죠.
이곳에도 있지만 저곳에도 있죠.

내가 누구인지
무엇을 하는 사람인지
몇 살인지
묻지 말아요-

아무것도 아니기 위해 여행을 떠나온 것이니.

나는 어디에도 없죠

이곳에도 있지만
저곳에도 있죠

내 마음

✖

다치지 않게

"언제 한번 차 마셔요."

전에는 내가 그에게 했던 말을 최근 그에게서 들었다. 만나 달라고 할 때는 얼굴 한 번 보여 주지 않고 문자에 답장도 않던 이였다. 연락이 오는 걸 보니 높은 직함에서 내려와 나라도 만나야 할 필요가 생긴 모양이다.

'회사'라는 간판이 부여한 높은 '직함'에서 내려온 이의 하루가 조금은 초라하고 허무하게 느껴진다.

전에는 그를 찾는 이들도 많고 만나야 할 사람도 많았는데, 이제는 그가 직접 만날 이들을 찾아 나서고 전화를 돌린다. 그런 그를 보고 있자니 갑자기 씁쓸해진다.

지금 많은 사람에게 둘러싸여 있다고 이 사람들이 평생

내 사람은 아닐 텐데. 지금 내 곁에 있는 이들이 시간이 지나 먼지처럼 사라질 수도 있다는 생각을 하면 가슴이 덜컥 내려앉는다.

만약 그들이 모두 사라지고 나 혼자 남는다면 어떨까. 그래서 어떨 때는 무섭지 않을 만큼만, 딱 그 정도만 마음을 나누어 줄까도 생각했다.

화려한 일을 할 때는 주변에 사람이 들끓었는데
막상 그 일의 옷을 벗으니
썰물처럼 사람들이 빠져나갔다.
그러다 다시 밀물처럼 다가오기도 했다.

그런 일들이 몇 번 있고 나서 나쁜 버릇이 생겼다.
상처받지 않을 만큼만 마음을 주는 버릇.
내 마음이 다치지 않게.

언제부터인가 사람을 만나면 마음을 주는 양에 선을 긋게 되었다. 그 사람이 떠나도 아프지 않을 만큼, 딱 그 만큼만 마음을 주게 되었다.

한때는 만나고 헤어지는 일에 연연하지 않는 어른들이 멋있어 보였다. 그때는 그것이 쓰라린 진통 뒤에 터득한 무심한 척임을 알지 못했다.

　어쩌면 어른이란
　마음에 상처가 나도
　아프다고 왕왕 울지 못하며
　괜찮은 척해야 하는 불쌍한 존재인지도.
　앞에서는 괜찮은 척하고
　뒤돌아 속으로 울어야 하는 연습이 늘어난 존재인지도.

아주 간단한

✖

하루의 시작

'춥다'
추위에 대해 이보다 완벽한 표현이 또 있을까?

너무 춥다.
길을 나서면 칼바람이 목으로 파고들어
몸이 저절로 움츠러든다.

아무것도 하기 싫다.
해야 할 일들은 쌓여 있지만 무언가를 해야 한다는
압박감은 아무것도 하고 싶지 않게 만든다.

아무것도 하기 싫다.

침대에 누워 오랜 시간을 꼼짝 않고 있다.
벌써 몇 번째인지 텔레비전 채널만 반복해서 돌리고 있다.
무기력한 상태는 며칠간 지속되고 있다.

어깨가 아프다. 아무것도 하기 싫다.
해는 이미 오래전에 떴을 텐데
나는 암막 커튼 뒤에 숨어 있다.

진한 무력감이 모든 의욕을 잠식해 가는 순간이다.
'커튼을 열어'
누군가 속삭인다.

내키지 않지만 억지로 몸을 일으킨다.
쨍-한 햇빛에 눈이 부시다.
창문을 열자 폐부를 찌르는 찬바람이 숨을 타고 들어온다.
때를 놓치지 않고 한 번 더 크게 숨을 들이킨다.

살.아.있.구.나.
지금 나는 이렇게 살아 있구나.

밥을 짓기 위해 무거운 밥솥을 꺼냈다. 하얀 쌀과 귀리, 렌

틸콩, 잡곡이 차례로 부어진다. 한 번, 두 번, 세 번을 헹궈 내니 뽀얗던 물이 제법 투명해졌다. 손등으로 물이 올라올 만큼 밥물을 맞추고 잠시 쌀을 불렸다가 취사 버튼을 누른다.

다음은 된장찌개를 끓여 볼까? 손질한 멸치 몇 마리를 꺼내 육수를 내고 된장 두어 스푼을 채에 걸러 곱게 푼다. 물이 끓는 동안 냉장고에 남은 시든 배추 몇 장과 남은 반 모짜리 두부를 먹기 좋게 썰어 한 켠에 두었다가 파르르 끓어오르면 주저 없이 넣는다. 벌써 집안에 된장 끓는 냄새가 가득하다. 된장이 끓고, 찬바람이 집으로 들어오고 나갈 뿐인데 마음이 바쁘다.

창문을 여는 것으로 하루가 시작된다.
싱싱한 오늘의 나도.

나와 너는
다르지만

✖

같을 수도 있다

나는 늘 사람이 어렵다.
일대일로 만나는 관계보다 셋이, 넷이, 열이 더 어렵다.
주로 소수의 모임에서 편안함을 느낀다.
다수의 모임에서 느껴지는 불안은 오랜만에 만나는 낯선
관계일수록 더 불편하고 어지럽다.
어떤 이야기를 어디서부터 어떻게 시작해야 할지 몰라
횡설수설, 시끄럽게 떠들어 버리기 때문에
사람들은 나의 이런 경미한 대인 공포증에 대해 모른다.

낯선 모임이 어려운 이유 중 하나는
내 생각과 다른 생각을 가진 사람의 말에
'그렇지 않다'고 생각할 때 '그렇다'고 동조하지 못하는 성향 때문이기도 하다.

친분, 지위, 나이, 분위기, 정황 등을 고려할 때 누군가는 동의하지 않아도 넘어갈 수 있는 화두를 그냥 넘기면, 씹지 않은 고기를 목구멍에 밀어 넣은 듯 가슴께가 답답해진다. 나와 다른 생각을 가진 사람을 포용하는 능력이 진정 내게는 없는 것일까?

몇 달 전에는 예술가의 생계 활동을 놓고 논쟁을 벌였다. 가난이 예술의 동력이 된다는 주장과 생존을 위한 돈벌이가 예술직 성취와 발전을 무너뜨리지 않는다는 주장이 팽팽하게 맞섰다. 결국, 어느 쪽으로도 결론은 나지 않았다.

모임이 끝나고 집으로 돌아와 생각했다.
'하다못해 수용하는 처이라도 할 수 없었을까?'
나이가 든다면 가능해질까.

장 자끄 상뻬의 《얼굴 빨개지는 아이》에서는 이유 없이 얼굴이 빨개지는 마르슬랭과 언제나 재채기를 하는 르네가 만난다.

"하지만 르네는 '그렇게까지' 불행하지 않았다. 단지 코가 근질거렸을 뿐이고, 그것이 그를 자꾸 신경 쓰이게 만들 뿐이었다. 그런데 그는 우연이 마르슬랭의 얼굴이 빨개진다는 사실을 알아차렸다."

-《얼굴 빨개지는 아이》중에서

르네가 재채기하는 모습이 좋다고 말해 주던 마르슬랭과 마르슬랭의 빨개지는 얼굴색이 멋지다고 말하던 르네. 둘은 서로 다름에도 '틀리다'고 비난하지 않았다. 있는 그대로의 모습을 인정해 주며 친구가 되었다.

내게도 '다름'을 '틀림'이 아닌 '차이'라고 인정하는 포용력이 생겼으면 좋겠다. 나와 너는 다르지만, 같을 수도 있다고 인정하는 법을 배우고 싶다. 쉽지 않음을 알기에 연습하고 또 연습해 본다. 연습이 충분해지면 언젠가 손을 내밀며 이렇게 말하고 싶다.

"나는 너와 생각이 달라. 하지만 네 의견을 존중해." 입으로만 하는 말이 아닌 진짜 그런 생각이 들어 말하고 싶다.

오늘의

✖

일

하아-

하아-

입김을 불면 눈으로 하얀 김이 보일 만큼 추운 새벽이다.

이른 새벽이지만, 지방으로 강의를 가기 위해 옷을 다섯 겹이나 껴입고 집을 나선다. 평소보다 일찍 일어나서인지 컨디션이 좋지 않다. '역시 아침 강의는 하지 않았어야 했는데'라고 중얼거리며 길을 걷는다. 그때 익숙한 풍경처럼 비질을 하는 청소부 아저씨가 눈에 들어왔다.

택시를 잡아타고 터미널로 가며 어제 보았던 한 편의 만화와 기사가 생각났다. 기사는 뉴욕의 한 젊은 여성이 가업으로 이어져 내려오던 칼을 취미로 만들어 벼룩시장에

내다 팔다 주문이 늘어 대장장이가 되었다는 내용이었다.

만화는 총 두 컷으로, 청소 중인 환경미화원을 버스 정류장에 서서 바라보던 엄마와 아이가 등장한다. 한 컷에서는 엄마가 '너 공부 안 하면 나중에 커서 저렇게 돼'라고 한다. 다른 컷에서는 '나중에 열심히 공부해서 저런 분들도 살기 좋게 해야 해'라고 한다.

세상에는 숫자로 다 헤아리기 어려울 정도로 많은 직업들이 존재한다. 개인이 선택한 일을 두고 함부로 판단하는 행위는 참으로 부끄러운 시선이다. 누군가 길에서 열심히 청소하고 있다면 고마움 혹은 수고로 여기는 것이 마땅하지 않을까.

만약 공부하라고 유학까지 보낸 딸이 가업을 이어받아 칼 만드는 일을 하겠다고 나서면 '그래, 장하다'라고 할 수 있는 부모가 과연 몇이나 될까. 아마 '내가 너를 어떻게 키웠는데', '나처럼 살지 않게 하려고 얼마나 고생해서 뒷바라지를 했는데'라며 머리를 싸매고 드러눕는 경우가 대부분일 것이다.

직업에도 귀천이 있는 것일까. 있다면 누가 규정하는 것일까. 그런 규정이야말로 안과 밖을 구분하는 벽이 아닐까.

'하고 싶은 일을 할 수 있는 자유'

'타인의 시선에 얽매이지 않는 삶'

직업에 귀천이 없는 세상에 살기 위해서는 일단 오늘의
나부터 직업에 대한 올바른 인식을 가져야 한다. 가장 귀한
직업은 내가 현재 하고 있는 오늘의 일이다. 아침부터 저녁
까지 수고를 마다하지 않고 일한 대가가 있었기에 배부르
게 밥을 먹고 편히 쉴 공간을 얻는다. 좋아하는 옷을 사고
커피를 마실 수 있다. 오늘 내가, 오늘을 살아가는 모든 이
들이 하고 있는 그 일이 가장 귀하다. 누구에게 내놓아도
부끄럽지 않은 내 일이기에 그 일을 사랑하며 추운 길을 또
이렇게 걸어가야겠다.

위로가
필요한 사람에게는

✖

무엇을 해 주어야 할까

"사진작가는 왜 안 오는 거예요? 무슨 일 있대요?"

그날은 12월 한파가 절정인 날이었다. 젊은 예술가들을
2시간에 한 명씩 분야별로 인터뷰해 책을 만드는 일을 의
뢰받아, 인터뷰 장소인 혜화동 예술가의 집까지 가는 길이
었다. 지하철을 타고 가며 이렇게 추운 날에 인터뷰를 하는
건 모두에게 민폐가 아니냐며 속으로 투덜거렸다. 정말이
지 뼈가 에일 정도로 추운 날이다.

아침 9시부터 시작된 인터뷰였는데, 사진을 찍기로 한 작
가는 도착하지 않았다. 한 차례의 인터뷰가 거의 끝나 갈 무
렵, 검은 뿔테 안경을 쓴 남자가 들어왔다. 검은 옷을 입은
남자는 큰 눈을 가졌고 어딘지 모르게 슬퍼 보였다.

인터뷰와 사진 촬영은 저녁 무렵까지 이어졌다. 우리는 그
날 여섯 명의 사람을 만났고, 이야기했고, 사진을 찍고, 각자
가 좋아하는 취향의 음악을 들었다. 커피는 두 잔쯤 마셨다.

　　눈이 쌓인 창밖은 한참 전에 어두워졌다. 인터뷰도 그제
야 끝이 났다. 노트북을 챙기고 겉옷을 걸치는데 그가 웃음
기 없는 큰 눈을 껌뻑이며 말했다.
　　"저녁 먹고 갈래요? 내가 잘 가는 국숫집이 있는데."

　　처음 만난 남자와 국수를 먹으러 가는 건 내키지 않지만,
따뜻한 국수 국물과 흰 면발이 입안으로 들어오는 상상을
하자 마땅히 거절해야겠다는 생각도 들지 않는다. 오늘 같
은 날씨와 잘 어울리는 선택이니까.
　　검은색 자동차를 타고 도착한 성북동 국숫집에는 테이블
이 다섯 개 정도 있었다. 허름하고 작다. 나이든 할머니 한
분만이 오래도록 국수에 온기를 담아 주고 계셨다. 말간 국
물에 평범한 국수 한 그릇과 어묵을 시켜 놓고 별말없이 후
루룩, 후루룩 먹다 텔레비전을 멍하니 바라본다. 이상하다.
말을 하지 않아도 편안한 순간.
　　국수를 다 먹고 나갈 때쯤 그가 말했다.
　　"내가 현금이 없어서 그러는데 국수 사 줄래요?"

싱거운 사람. 국수 사 주는 일이 뭐 어려우려고. 만 원짜리 한 장을 내고 나와 걷는데 그가 말했다.

"사실은 오늘, 할머니 장례식이었어요. 할머니를 묻어드리고 왔죠. 오늘 촬영은 전부터 약속했던 거라 바로 올라온 거예요."

순간, 머릿속이 하얘져 아무런 생각이 들지 않는다.

"아…그랬구나…뭐라고 말을 해야 할지 모르겠어요."

"괜찮아요. 국수 사 줬잖아요. 오늘은 불 꺼진 빈집에 혼자 들어가기 싫었어요. 할머니랑 둘이서 오랫동안 살았거든요."

검은 안경테 너머의 큰 눈이 유난히 슬퍼 보이던 이유.

위로가 필요한 이에게는 무엇을 해 주어야 할까.

그렇게 한참을 걷다 보인 제과점에서 그가 사준 초콜릿을 받아 들고 싱거운 이야기를 나누다가 헤어졌다.

추운 겨울
도시에 슬픔은 떠다니지만
길을 잃지는 않는다.
국수 한 그릇의 온기로도
위로를 건넬 수 있는 마음이 있으니.

오늘은, 바람만큼 마음이 차갑지 않아 다행이다.

하루 끝에
당신이 있어

✖

다행이다

유난히 지치는 날이 있는데
그날이 그랬다.

새벽 네 시 반에 일어나 두 시간을 달려 다른 도시에 도
착한다. 오후 다섯 시까지 꼬박 여덟 시간의 글 쓰기 수업
을 하고 나면, 이번에는 수업을 듣기 위해 다시 서울로 올
라가야 한다.

버스 터미널로 가는 길, 살에 닿는 찬바람에 몸이 떨린
다. 버스표를 사고 의자에 앉아 검은색 하이힐을 벗으니 굳
었던 발에 피가 돌며 저리다. 하루 종일 서 있어 퉁퉁 부은
발을 주무르며 몇 시쯤이면 집에 들어갈 수 있을지 생각하
다 갑자기 슬퍼졌다.

'수업이 끝나면 밤 열 시, 집에 들어가면 열두 시. 내일
은 수원으로 강의를 가야 하니까 몇 시에 일어나야 하지…'
　　시간 계산을 하다 우울해져 휴대폰을 꺼내 그에게 문자
메시지를 보냈다. 마침 버스가 도착하고, 내리기 편하게 앞
에서 세 번째 줄에 앉는다. 하이힐은 벗어 버렸다. 휴대폰
을 다시 꺼내니 메시지가 와 있다.

[수고했어요- 피곤하지? 수업 끝나면 내가 데리러 갈게!]

　　한 번 읽은 문자를 다시 한 번 더 따라 읽는다.
　　마음 한구석이 눈 녹듯 사르르 녹는다. 따뜻하다.

　　사랑은
　　별것 아닌 한 사람, 한 사람이 만나
　　특별한 두 사람이 되는 것.

　　별것 아닌 일상을
　　소중하게 만들어 주는 것.

　　작은 말 한마디로 상처도 주지만
　　세상을 살아갈 용기를 주는 것.

사랑하는 사람이 있다는 것은
이 넓은 세상에 작은 점일 뿐인 내가
초라하지 않은 이유이다.

오후 네 시 이십 분의
구운 버섯 야채

✖

판체타

    홍대 카페에 들어갔다. 사방이 책으로 둘러싸인 이곳에서 사람들은 각기 다른 이유로 분주하다. 거기서 나는 몇 편의 글을 쓰고 여섯 권의 책을 뽑아 와 네 권을 읽었다. 두 권은 사겠다고 다짐하며 노트북을 챙겨 길을 나섰다. 추운 날이다.

    골목길은 업종 전환 공사가 한창이다. 카페가 미용실이 되고, 주택이 월세 받을 건물이 되는 중이다. 바bar는 옷 가게가 되고 카페는 햄버거 가게가 될 것이다. 홍대가 북적이면서 인근의 합정동, 상수동, 연남동도 같이 들썩인다. 사람들로 북적이는 것이 무조건 좋은 일인지는 사실 잘 모르겠다. 북적이기 시작하면 동네 특유의 분위기가 사라지니까.

작년 여름, 한 카페를 찾았다. 주인처럼 보이는 삼십 대 남자 두 명은 테라스에서 손님 놀이를 하다가 손님이 오면 안으로 들어가 커피를 내렸다. 그 카페는 지금 미용실 간판을 달고 공사 중이다. 커피맛은 별로였지만 주말에도 사람이 적어 여러 번 들린 카페였는데. 결국, 문을 닫았구나.

인부들이 한창 공사 중이던 그곳을 지나 테이블이 여섯 개밖에 없는 레스토랑에 들어와 구운 버섯 야채 판체타를 시켰다. 호박, 가지, 마늘종, 마른 고추, 베이컨, 양파, 토마토를 오일 소스로 볶아 낸 단순한 파스타인데 간이 딱 좋은 면이 야채와 어우러져 단순하지 않게 맛있다.

오후 네 시 이십 분, 레스토랑에 손님은 나 혼자다. 쉐프는 재빠른 몸짓으로 따뜻하게 구운 빵을 내고, 도마에 통통통 야채를 씰어 파스타를 볶아 낸다. 취향이 아닌 음악이 흐르는 묘하게 평화로운 월요일 오후. 치즈 가루가 뿌려진 야채 판체타를 포크에 돌돌 말아 볼이 미어터질 만큼 밀어 넣었다가 너무 뜨거워 다시 뱉는다.

작은 레스토랑 창가 테이블에 앉아 포크 가득 파스타를 돌려 먹으며 따뜻한 실내 온기와 차가운 창문 밖 이질적인 표정을 구경한다. 마치 파리의 어느 골목길에 여행을 와 있는 듯한 기분이다.

파스타를 먹다 생각했다. 손님인 척하던 그 카페 청년들은 이제 무엇을 해서 먹고 살까. 카페 경험은 그들에게 무엇을 남겼을까. 궁금하다. 그런 의미에서 이 파스타 가게는 사라지지 않고 오래오래 이 자리에 있었으면.

언제쯤이면 사소한 이별에 담담해질 수 있을까.
사람이건 장소건 좋아하는 것이 곁을 떠나는 일은
생각만 해도 쓸쓸하다.

내일의
걱정은

✖

내일이 맡아주길

엄마는 늘 잠이 오지 않는다고 했다.

사실 그런 엄마가 이해되지 않았다. 오랫동안 일을 하던
사람이 일을 놓아 그런 줄 알고 새로운 취미를 가져 보라
말했다. 하지만 언제부턴가 나도 잠이 오지 않아 수면제를
입에 털어 넣는 날이 늘어 간다.

점점
책임질 것도 많아지고
의무도 많아지고
생각도 많아지고
나이도 많아진다.
나는 아직 그대로인데.

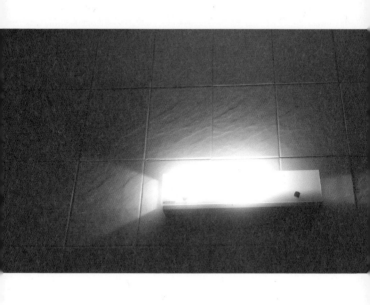

점점 책임질 것도 많아지고
의무도 많아지고 생각도 많아지고
나이도 많아진다

나는 아직
그대로인데

불면의 나날이 깊어 갈수록 깊은 밤 거실을 서성이던 엄마 생각이 난다. 깊은 새벽, 부엌에서 나물을 다듬던 엄마 생각이 난다. 왜 이 밤에 군이 저걸 해야 하는지 이해되지 않던 시간들이 떠오른다.

어른이 된다는 건, 머리만 닿으면 어디서건 잠을 자던 내가 며칠 밤을 내리 일해 피곤에 절어도 생각이 뒤엉켜 잠이 오지 않는 것일까. 이 시간이 지나가면, 어른의 삶에 적응이 되면, 깊은 잠을 이룰 수 있을까.

사실, 괜찮은 어른이 될 줄 알았다. 사랑이 내게로 와도 놓치지 않고 아파하지도 않을 줄 알았다. 따뜻하고 좋은 사람에게 내가 상처 주는 일 따위는 없을 거라 생각했다. 드라마에 나오는 가족처럼 화목한 일상을 보낼 거라 생각했고, 사소하거나 진지하게 부딪히는 관계를 유연하게 넘길 수 있으리라 생각했다. 멀리서 봤을 때는 어른이 된다는 것이 꽤나 근사해 보였는데.

모르겠다. 근사하다는 게 무엇인지도.
슬슬 잠이 몰려온다.
자야겠다. 내일의 걱정은 내일이 대신해 줄 테니

오늘은, 오늘의 행복을 누려야지.

오늘 밤,
엄마의 잠도 편안했으면 좋겠다.

그리움이
내리는

✖

새벽 두시

새벽 두 시,
거리도 잠을 자는 시간.

불면에 뒤척이다 마른 목을 축이기 위해 몸을 일으켰다.
침대 옆에 놓인 컵을 들고 기대 앉아 무심코 창을 봤다. 입
안에 가득 찬 물을 두 번에 나누어 삼키려다 한 입에 꿀꺽,
하고 삼킨다.

눈이 오네.
모두가 잠든 이 조용한 시간, 고요한 창밖에는
잠 위에 이불을 덮듯 소복소복 눈이 쌓이고 있다.

차가움이 따뜻하게 느껴지는 순간, 창문을 열고 손을 내밀어 눈의 촉감을 느끼다 입을 벌린다. 눈의 맛은 느껴지지 않지만 눈은 맛.있.다.고 느껴진다.

어떤 이는 어둠 속에서 나와 함께 눈의 맛을 보고 있겠지. 어떤 이의 꿈속에는 눈이 찾아와 내리고 있겠지.

아름다운 것을 볼 때 생각나는 사람이 사랑하는 사람이라 했던가. 나는 당신의 단잠을 깨우고 싶지 않아 조용히 눈을 기록한다. 잠도 달아났으니 코코아를 진하게 타 마셔야겠다.

그리고 편지를 써야지.

눈이 내린다고
눈이 내리는 새벽에
문득 당신이 그리워졌다고.

코끝이 시리도록 차가운 밤
사랑이 소복소복 내리는 밤
검은 허공을 배경으로 하얗고 소담스러운 눈이 쌓인다.

이별을 ✖ 예감할 수 있다면

너에게 전화를 걸까.
말까.
망설인다.
만약 네가 전화를 받으면 무슨 말을 해야 할까.
내 이름을 잊지는 않았을까.

그러다 네 이름을 노트에 적기 시작했다. 한 획, 두 획을 그으며 우리가 보냈던 찬란한 시절을 지웠다. 그렇게 지우기를 반복하다 이내 지워 버렸다.

너의 이름 옆에 내 이름을 그려 넣었다. 너의 웃음 위로 동그라미도 그려 넣는다. 너의 이름과 나의 이름, 거기에 동그라미까지 겹쳐져 종이 위는 순식간에 어지러운 낙서

노트도 마지막 장이고
어둠도 걷혀 가는데

그리움은 끝이 보이지 않는다

로 가득해졌다. 함께 보낸 시간들은 겹치고 겹쳐 형체를 알
수 없게 되었다.

만약 이렇게 헤어질 줄 알았다면
조금은 덜 사랑할 수 있었을까.
헤어져도 아프지 않을 정도로만 사랑할 수 있었을까.

노트도 마지막 장이고 어둠도 걷혀 가는데
그리움은 끝이 보이지 않는다.

어제의 고민이

✖

힘을 잃는 순간

오늘 점심까지 함께 밥을 먹고 웃던 분이 갑자기 돌아가셨다. 워낙 고령이라 잠자다 돌아가신 게 호상이라 말하지만 사랑하는 이를 잃은 마음은 한없이 애달프다.

검은 옷을 입고서 사람들이 도착하면 조문을 나눈다.
같은 음식을 일곱 끼쯤 먹은 뒤 영구차에 오른다.
고인의 유골이 한 줌의 재가 되는 데는 한 시간
남짓이 걸렸다.
연연하고 집착하고 아파했던 날들이 먼 기억처럼
느껴진다.

사랑하는 이를 잃은 이들의 슬픔은 허기를 이기지 못한다.

어제의 고민은

삶과 죽음 앞에서
그 힘을 잃는다

내 어깨와 세월에
지고 온 것은
꽃이었더라

어제의 고민은 삶과 죽음 앞에서 그 힘을 잃는다.
내일 당장 죽을 수도 있다는 생각을 하면
오늘 어떻게 살아야 할지에 대한 답이 나온다.

불안정할

✖

자유

겨울은 이불 속에서 몸을 부비기에 최적의 계절이다.
침대와 이불은 따뜻하고, 피부에 닿는 공기는 차갑다.
오늘은 오후에 일을 하고 오전에는 최대한 침대에
붙어 있어야겠다.

정해진 시간에 일어나지 않아도 되는 자유.
매일 정해진 시간에 일어날지라도 강요가 아닌
자발적인 선택이라면 그 자유는 달다.

여행을 떠나지 않더라도 마음껏 게으름을 부리는 자유.
정해진 휴일에도 쉬지 않고 일할 수 있는 사유.
정해진 시간에 불편한 사람들과 함께 밥을 먹지 않고

먹고 싶을 때, 혼자 천천히 먹고 싶은 메뉴를
선택할 수 있는 자유.

늦은 밤까지 일하는 이유가 퇴근하지 않은 상사의 눈치
때문이 아니라 하고 싶은 일에 집중하기 위해서라면 어떨까.
　일 자체에 집중하면서 정해진 형식과 틀에 맞게 생각을
구겨 넣지 않아도 된다면 어떨까.
　하고 싶은 일에 대해서는 마땅한 책임을 감수하고라도
추진하는 삶이라면 어떨까.

　이것이 사람들이 소위 안정적이라고 말하는 직장을 그만
두고 프리랜서의 삶을 선택한 이유이다. 지금 나는 일주일
에 한두 번은 강의를 하고, 대부분의 시간은 글을 쓰고, 책
을 읽고, 공부를 하며 보낸다.

　"그렇게 살면 불안정하지 않아?"
　넥타이가 잘 어울리던 그는 어서 답을 말해 보라는 표정
을 숨기지 못했다.
　"불안정한 게 뭐 어때서? 불안정하니까 불안하고 재밌
잖아."
　당혹감이 안경테 너머 그의 눈가를 스쳐 지나간다. 그

가 내게서 듣기를 원했던 답변, 지금 너무 힘들다거나 불안해서 미치겠다는 생각은 이미 오래 전에 충분히 고민할 만큼 했다.

불안정이나 불안은 자유의 조건이 된다. 어쩌면 자유로운 삶이란 타인이 바라는 것이 아닌 내가 원하는 것을 하며 사는 것이 아닐까. 내가 원하는 일을 하고, 가고 싶은 곳에 가고, 먹고 싶은 음식을 먹고, 만나고 싶은 사람을 만나는 것. 선택의 자유가 많은 삶은 이렇듯 대체로 불안정하고 불안하다.

오늘까지 해 오던 일이 내일이 되면 끊길 수도 있다. 이번 달에 일이 많이 들어왔다고 안심할 수도 없다. 다음 달에는 끊길 수도 있으니까. 그래서 지금 하고 있는 일에 최선을 다할 수밖에 없다. 오늘 하는 일이 마지막일 수도 있기에.

불안은 지금 이 순간에 집중하게 만든다.
때로, 불안이 살아갈 힘을 준다.
불안정하지만 자유롭다.
불안정해서 자유롭다.

그렇게 선택한 자유로 걷고 싶은 길을 걷는다. 봄이 오려

는지 바람에 찬기가 덜하다. 퇴근하는 직장인들에게 묻은 회사 공기를 나누어 마시며 지난날을 떠올린다. 프리랜서의 고단함에 다시 회사원이 된 나를 상상하다 이내 불안정할 자유를 잃고 싶지 않아 곁눈질을 멈춘다.

그렇다고 안정된 삶이 잘못되었다는 말은 아니다. 그것은 선택과 책임의 문제다. 단지, 누군가는 불안정해서 견딜 수 없는 오늘이 내게는 가장 행복한 오늘이라는 점을 말해 주고 싶었다. 언젠가 다시 사무실로 출퇴근하는 인생을 살게 될지도 모르지만, 일단 지금은 불안정을 담보로 누리는 자유가 달콤하다.

다리가 아플 때까지 조금 더 걸어야겠다.
시계를 볼 필요는 없으니.

길을
잃는 순간,

✖

진짜 여행이 시작된다

바깥 하늘을 스무 번쯤 바라보고, 철 지난 영화를 두 편
쯤 봤다. 소화되지 않은 체로 기내식을 먹고 와인도 두 잔
쯤 마셨다. 선잠을 자다 깨다 반복했다. 14시간 정도의 비
행은 괜찮다고 자신한 오만이 자책될 무렵, 비행기는 밀라
노에 도착했다.

밀라노를 경유해 도착한 로마는 추위와 비바람으로 격한
인사를 건넸다. 우산을 우습게 뒤집어 버리는 강풍을 동반
한 장대비에 콜로세움을 앞에 두고도 들어가지 못한다. 마
침 그날은 프란체스코 교황의 부임 전날이었다. 전 세계의
천주교 신자들이 역사적인 그 순간을 보기 위해 모여들었
다. 바티칸 박물관을 둘러싸고 두 시간이 넘는 긴 줄을 서

길을 잃는 순간,

진짜 여행이
시작된다

야 했다. 모든 것이 뜻대로 되지 않아 속상하던 하루를 보내고, 다음 날 늘어지게 늦잠을 잤다.

"지금 몇 시지? 하아. 우리 이제 어디 갈까?"
"글쎄, 일단 지도를 들고 나가자. 어디를 가도 여긴 로마잖아."

게으른 여행자들은 택시를 불러 일단 트레비 분수 앞으로 목적지를 정한다. 트레비 분수 앞에서 젤라또 아이스크림을 사 먹는 영화 속 한 장면을 꿈꾸며 도착했을 때, 그곳은 이미 우리와 같은 생각을 한 사람들이 길게 늘어서 있다.
이 길로 가면 스페인 광장, 저 길로 가면 신전, 지금쯤 나와야 할 길인데 전혀 다른 골목길이 나온다. 길을 잃고 골목을 걷다 검은 철문 앞에 멈춰 섰다. 근사한 대문 안으로는 가방을 맨 사람들이 들어간다. 어쩐지 나와 같은 여행자는 들어갈 수 없을 것 같아 앞에 서 있는 사람에게 물었다.

"여기가 어디죠?"
"학교 도서관이에요."
"저희도 들어가도 되나요?"
"그럼요, 물론이죠."

조심스럽게 문을 열고 들어간 낯선 공간에서는 익숙한 향이 났다. 오래된 책 냄새에 가슴이 뛴다. 손에 잡히는 책을 펼쳐 들고 책장을 넘긴다. 해독할 수 없는 활자들이 비밀스럽게 느껴져 가슴이 두근거린다.

부러 더 많은 것을 보려고 애쓰면 지치기 마련이다.
시간에 쫓긴다거나 조급할 필요가 없다.
눈에 보이는 모든 것, 발길 닿는 그곳이 바로 여행지이다.

과거와 현재가 공존하는 도시 로마에서는
길을 잃는 순간, 진짜 여행이 시작된다.

계절과
계절 사이를

✖

그리다

호오-
하아-
창가에 입김을 불어 그림을 그린다.

엊그제 내린 눈으로 세상은 얼어붙었고 발걸음도 얼어붙
었다. 할 수 있는 일은 이 안에 숨어 밖을 내다보는 일뿐이다.

이 계절이 가고 봄이 오면 꽃이 피겠지.
꽃 피는 계절이 가면 또 여름이 오겠지.

여름이 오면 또 섬에 가야지.
쨍한 태양을 피해 선크림을 바르고 모자와 선글라스로

이 계절이 가고 봄이 오면
꽃이 피겠지

꽃 피는 계절이 가면 또
여름이 오겠지

단단히 무장하고 걸어야지. 길을 걷다 지치면 물이 보이는
카페에 앉아 글을 쓰고 바다를 봐야지.

조금만 기다리면 얼음이 녹고
정체된 걸음을 걷다 보면 새순이 돋고
그렇게 계절이 왔다 가면 다시 또 온다.

호오-
하아-

여름날의 심 바다를 입김으로 그리며 끝난 것 같지 않게
지루한 이 계절을 난다.

아프게 하지 않을 사랑이
저 멀리서

✖

당신에게 오고 있다

"헤어지는 게 무서워요. 마음 아픈 것도 싫고요. 그래서
연애를 깊게 하기 싫어요."

오래된 연인과 이별하고 싶지만, 마음이 아플까 봐 헤어
질 수 없다고 여자는 고개를 저으며 말했다. 상실을 견디는
아픔이 얼마나 아름다운지 설명하려다 말을 아꼈다. 그리
고 그때 한 영화의 마지막 장면이 스쳐 갔다. 〈조제, 호랑이
그리고 물고기들〉의 마지막 장면이다.

걸을 수 없던 조제는 츠네오와의 만남을 통해 숨어 지내
던 벽장에서 나오게 된다. 쨍한 낮에 담요를 뒤집어쓰지 않
고 동네를 달리는데, 넘어지고 구르면서 잔디 위에 누워 구

름과 하늘을 보는 법을 배운다. 그들은 함께 음식을 만들고 나누어 먹으며, 섹스하고, 이야기한다. 보통의 연인들처럼 일상을 보낸다. 바닷물이 흐르듯 시간도 흐르고 사랑도 자연스레 흘러가고 있었다.

"언젠가 네가 사라지고 나면 난 길 잃은 조개껍질처럼 혼자 깊은 해저에서 데굴데굴 굴러다니겠지. 그것도 그런대로 나쁘진 않아."

– 〈조제, 호랑이 그리고 물고기들〉 중에서

츠네오에게 이별 신물을 건넨 조제는 더 이상 벽장에 숨어 울지 않는다. 혼자 전동 휠체어를 타고서 한낮에 장을 보고 집안을 깨끗이 정리한다. 둘이 먹던 생선도 혼자 먹을 만큼만 굽는다. 일상 속에서 담담하게 이별을 흘려보낸다.

사랑이 의미 있는 이유는 사랑이 꼭 영원하기 때문만은 아니다. 사랑을 통해 자신을 발견할 수도 있고, 때로 사랑이 새로운 세상으로 나가는 통로가 되기도 한다.

겨울이 깊다. 내게 당신은 없지만, 나는 혼자 울지 않는다. 이제는 혼자서도 먹을 만큼의 생선을 구울 줄 아는 사람이 되었으니까.

아픈 사랑이 지나고 나면 언젠가 다시 사랑을 시작하게 될 것이다. 그러다 헤어지면 다시 누군가를 만나 사랑하고 아파할 것이다. 그렇게 지치지 않고 누군가를 사랑하며 살 것이다.

헤어지는 게 두려워 사랑하지 않는다는 여자를 꿈속에서 다시 만났다. 지난날의 나와 꼭 닮은 모습을 한 여자를 꼭 안으며 말했다.

'가장 상투적인 것이 가장 일상적이고, 가장 일상적인 것이 가장 아름답다고. 아프게 하지 않을 사랑이 저 멀리서 힘껏 달려오고 있노라고. 당신을 따뜻하게 안아 주기 위해 기다리고 있다고. 그러니 이제 그만 어두운 굴에서 나와 빛을 봐도 좋다고.'

도시의
가을 산책

가을 바다로 가자,

✖

우리

"바다 보고 싶다."
"그럼, 바다 보러 갈까?"
"지금?"
"지금!"

젊은 우리는 새벽녘 메시지를 주고받다가 바다를 떠올렸다. 누군가 먼저 바다에 가고 싶다 말했고 지체 없이 바다를 향해 출발했다.

세 시간쯤 달렸을까.
동해의 어느 바닷가
지금은 이름을 잊은

"바다 보고 싶다."

"그럼, 바다 보러 갈까?"

"지금?"

"지금!"

이름 모를 해변에 도착했다.

9월의 어느 수요일이었다.
바닷가는 한적했고 피서객은 없었다.
넓은 모래사장에 인적은 우리뿐이다.

모래사장에 누워 하늘을 볼 때도
아끼는 옷이 더러워지는 것은 신경 쓰이지 않는다.
술을 마시지 않아도 취한 기분이다.
가을 바다에 누워 함께 하늘을 바라볼 수 있는 날이
오늘밖에 없을 수도 있다는 생각 따위는 하시 못했다.

검고 푸른 바다처럼
뽀얀 거품의 파도처럼
속을 알 수 없던 당신.
서로가 너무 닮아 맞닿을 수 없던 당신을 스쳐 보내며
참 많이도 울었던 그때.
어쩌면 당신은 잊었을지 모를 그날의 바다가
지금도 내게는 선명하게 남아 찬란하게 빛난다.

'당신이 행복했으면 좋겠다'는 바다에 맡기고 온

바람이 물결처럼 일렁이며
바다에 번져 아른거린다.
이 물결은 흐르고 흘러 당신에게 닿겠지.
언젠가는-

도시의
밤이

✖

환한 이유

가끔은 혼자이고 싶은 날이 있다.
그런 날에는
누구의 전화도 받기 싫고
아무 말도 하고 싶지 않다.

"우울해 보인다."
"무슨 일 있어?"
"말을 해야 알지."
이런 관심들도 모두 귀찮다.

마음껏 외로워할 수 있는 곳이라면 어디든 가고 싶다.
네 시간이 걸려도, 열네 시간이 걸려도 좋다.

좁은 좌석에 몸을 구겨 넣고 어디론가 떠나고 싶다.

아무도 없는 곳에서
혼자 울고 싶다.
눈치 보지 않고
마음껏 아프고 싶다.

그런 날이면 어김없이 휴대폰을 끄고
밀린 드라마를 열 편쯤 연속으로 본다.
해가 져도 방문을 걸어 잠그고 나오지 않는다.
외로움에 숨이 막힐 때까지.
외롭다는 감정이 지겨워질 때까지.

그러다 어둑어둑해진 창가에 스며드는 빛을 발견하면
도시의 밤이 유독 화려하게 느껴진다.
저마다의 생기로 화려하게 반짝이는 순간
나 홀로 때 지난 크리스마스 전구처럼 초라하게 느껴진다.

'인생은 멀리서 보면 희극, 가까이서 보면 비극'이라는 말
이 있다. 어쩌면 우리가 매 순간 마주하는 도시의 화려한 불
빛은 누군가의 외로움일지도 모른다.

익숙해져 내색하지 않을 뿐, 사람은 누구나 외롭다.
그럴 때마다 각자의 외로움으로 도시에 불을 밝힌다.
그 외로움은 별이 되고, 달이 되어
도시를 비춘다. 도시의 밤이 환한 이유다.

너를
잃고

✱

나는운다

기억 속에서 길을 잃었다.
마음을 잃은 길도 허공에 떠돈다.
길을 잃고 마음을 잃은 나는 하염없이 운다.
할 수 있는 일이 우는 일밖에 없어 더 서글퍼 운다.

시간 앞에 기억은 무력하다.
힘없이 고개를 떨군 기억이 가여워 또 운다.

정말 좋은 추억은 시간이 흘러도 빛을 잃지 않고 생생
하다 했는데, 내게는 오직 너를 잃은 날의 기억만이 생생
할 뿐이다.

시 간 앞 에 기 억 은
무 력 하 다

다행이다.
비가 내리고 밤이 깊어서.
쓸쓸한 이 비와 함께 나는 운다, 너를 잃고.

밤은 깊어 가는데
둘 데 없는 이 마음은
차가운 밤공기 속에 흩날린다.

네가

✖

내리는 날

택배를 기다리다 빨래를 돌리고, 한 시간쯤 음악을 들으
며 책을 읽는다. 그러다 근처 카페로 가 따뜻한 카페라테를
주문해 계피 가루를 듬뿍 뿌려 창가에 자리 잡고 앉았다.
오늘따라 책장이 쉬이 넘어가지 않는다. 거리의 가로수는
노랗거나 혹은 빨갛게 물들어 있는데 어딘지 모르게 모호
한 어두움을 띠고 있다.

그때였다. 창문에 빗방울이 하나둘 떨어지기 시작했다.
금세 지나갈 소나기였지만, 오도 가도 못할 빗줄기에 갇
혀 버렸다.

그날도 그랬다. 그때 그도 내게 이렇게 왔다. 소낙비처럼

예상치 못하게 마음 안에 들어와 스스로 갇혔다.

예상할 수 있는 사랑이 있다면, 그것을 사랑이라 부를
수 있을까. 만약, 다른 시간 속에서 우리가 만났다면 다시
사랑할 수 있을까. 사소한 오해들로 서로를 미워하지 않을
수 있을까. 다른 시간 속에서도 서로를 알아볼 수 있을까.

순간적인 한기에 벗어 놓은 올이 굵은 니트 카디건을 집
어 어깨에 두른다. 진한 쇼콜라테를 주문한다. 속이 데워지
는 따뜻한 느낌이다.

거리로 나가 내리는 비를 그대로 맞는다.
우산이 없으니
피할 수도 없다.
손을 놓고 그저 내리는 너를 느낄 수밖에.

마음이
다쳤을 때

✖

바르는 약

무심결에 어제 입던 옷을 그대로 집어 입고 길을 나섰더니
찬바람이 옷깃을 파고든다.
어제는 여름, 오늘은 가을
하루 사이에 계절이 바뀌었다.
낯선 계절의 변화처럼 관계의 온도도 어제는 뜨겁고
오늘은 차다.

상처는 늘 가까운 곳에서 주고받는다.
마음을 아프게 베어내는 말을 잘 알기 때문일까.
가깝기 때문에 그만큼 이해해 주길 바라는
이기심 때문일까.

연고를 삼킬 수 있다면

얼마나 좋을까

우리는 가깝다는 이유로 곁에 있는 사람의 마음을 쉴 새 없이 베는데, 거기에 관심이라는 포장까지 더해지면 상대의 상처는 배가된다.

연고를 삼킬 수 있다면 얼마나 좋을까.
베인 마음을 연고로 아물게 할 수 있다면
마음에 난 상처에도 붕대를 감을 수 있다면
얼마나 좋을까. 더는 상처가 벌어지지 않게 할 수 있다면.

가족이라는 관계의

✖

어려움

아스팔트 위에 혼자 앉아 있는 길 고양이를 만났다.

– 가족은 어디에 있니, 왜 외롭게 혼자 있어.

멀뚱히 허공을 올려다보는 고양이를 대신해 내가 대답
한다.

– 그래, 가족이라고 꼭 같이 있을 필요는 없지. 가족과 함
께 있다고 외롭지 않은 건 아니야. 함께할 때 오히려 외로
운 사람들도 있잖아. 내가 아는 사람은 매일 우울한 엄마 때
문에 집에 들어가기 싫어했어. 우울의 기운이 집안을 잠식
해 숨통까지 조여 오거든. 그런데도 그는 엄마를 떠나지 못

하고 곁에 머물러 있어. 자기까지 떠나면 엄마가 너무 슬퍼서 죽어 버릴까 봐. 그는 엄마 곁에 있으면서도 늘 다른 엄마를 부러워해. 웃기지. 의무감으로 가족이라는 명맥을 이어 가는 것도 사랑이라고 할 수 있을까. 서로를 미워하고 욕하면서도 함께하면 그게 정말 가족 간의 사랑인 걸까. 글쎄, 나는 잘 모르겠어.

고양이는 미동도 하지 않고 가만히 앉아 있다.

- 나이 의지와 관계가 있든 없든 가족이라는 관계는 모두 어려운 것 같아. 나만 어려운 걸지도 모르지만, 넌 어때? 길 위에서 혼자 살면 외롭지 않아? 괜찮니?

고양이가 눈을 감는다.

- 혹시 그립지만 어떻게 다가가고 표현해야 할지 모르는 거야? 혹시 방법을 알게 되면 내게도 가르쳐 줘. 언젠가 우리 이 길에서 다시 만나게 된다면 말이지. 내일 다시 올게, 그럼 잘 자.

눈을 감은 고양이에게 인사를 건네고 휴대폰을 꺼내 들

었다. 단축 번호를 꾹 누르자 신호음이 들린다. 내가 먼저 마음을 열면 상대방도 마음을 열어 주지 않을까. 한 발자국 다가서는 연습을 하면 서서히 친해질 수 있지 않을까. 사실, 모르겠다. 다만 이 전화를 걸기 위해 내가 한 시간쯤 고민하고 용기 냈다는 걸 그가 알아준다면 좋겠다.

그 길
끝에는

✖

내가 잊을까

너를 찾아 쉼 없이 걷는다.
이 길의 끝은 어디일까.
이 길의 끝에 네가 서 있다면 좋겠다.*

너의 마음에 닿을 수 있다면 걸음을 쉬지 않을 텐데.

만약
그 길의 끝에서도 너의 마음에 닿지 않는다면
그 걸음의 끝에는 내가 잊을까.
잊을 수 있을까. 내가 너를…….

* 최갑수, 《이 길 끝에 네가 서 있다면 좋을 텐데》

이 길의 끝에

네가
서 있다면
좋겠다

기억이
추억이 되었음을

✖

안순간

이를 닦는 행위는 고도의 생각을 요구하지 않는다.
습관적으로 칫솔을 꺼내 일정량의 치약을 짜 입안에
넣고 거품이 날 때까지 칫솔질을 반복하면 된다.

오늘 아침에도 그랬다.
밥을 먹고 습관적으로 이를 닦다
그날의 우리가 문득, 생각났다.

너는 항상 내 왼편에서 이를 닦았다.
아니, 오른편이었나……
잘 기억나지 않는다.

언젠가는 추억이 될 우리였다.
이제는 이를 닦으며 너를 떠올려도 욱신거리지 않는다
는 사실을 깨닫고도 욱신거리지 않는다.

거품을 헹궈 낸다.
세수를 하고 머리를 감아야지.
거품이 물줄기를 따라 흘러들어 간다.

추억이 된 기억도 거품처럼 흘러 지나간다.

이별

✖

후애

　"누군가를 보고 싶다고 계속 생각하면 언젠가는 틀림없이 다시 만날 수 있어요."

　　　　　- 무라카미 하루키, 《여자 없는 남자들》 중에서

　하루키의 문장처럼, 누군가를 보고 싶다고 계속 생각하면 언젠가는 다시 만날 수 있을까?

　그렇다면 나 지금부터
　밥도 먹지 말고
　잠도 자지 말고
　울지도 말고
　계속 생각해야지.

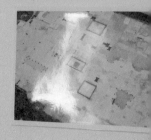

네가 보고 싶다고, 너를 내 곁에 데려다 달라고,

아직, 사랑은 끝나지 않았다고

네가 보고 싶다고.
너를 내 곁에 데려다 달라고.
아직, 사랑은 끝나지 않았다고.

질퍽한 미련 아닌,
이 마음은 사랑이라고.

201호

✖

7일의 아침

#1.

새소리에 잠을 깬다. 바람이 나무를 스치고 지나는 소리에 기지개를 켠다. 거실 창문을 열고 나무 데크를 지나 맨발로 흙바닥을 걷는다. 발바닥을 간질이는 풀과 흙 위에 한참이나 서 있다. 따뜻한 커피 한잔을 손에 들고 눈을 감는다. 고개를 들어 크게 숨을 들이쉰다.

살아 숨 쉬고 있구나. 생생하게.

#2.

창문 앞에서 여명을 기다린다. 서서히 어둠이 걷히고 아침이 온다. 어둠이 걷히는 건 나의 의지와 상관없지만, 이 새벽을 온전히 즐기는 건 나의 의지로 허락된다.

행복은 마음먹은 만큼만 허락된다.
이 순간, 나의 행복을 허락한다.

#3.

열렬하게 싸우고 성실하게 화해한다.
이해하기 때문에 사랑하는 것이 아니라
사랑하기 때문에 이해하고 싶은 것이다.
더불어 이해받고 싶은 것이다.
하지만 당신과 나의 뜨거웠던 밤은 아침이 되어
차가워졌다.

#4.

내가 안쓰러워 보이는 걸까.
어깨를 감싸는 당신의 눈빛은 초점을 잃었다.

#5.

나지막이 그의 이름을 불러 보았다.
울림으로 내게 돌아와 마음에 들어온다.

#6.

사랑해, 너의 모든 순간을.

#7.

숲 속의 집이 우리를 기다려 줄 날이 얼마 남지 않았다.

오늘은 바다에 가자.

숲 속의 집을 나서서 바다에 가자.

갈대밭으로 들어가 함께 흩날리자.

섬에서 섬으로 가는 배를 타고 들어가 손을 잡고 걷자.

가을

✖

숲길

 너와 함께 숲 속을 걷는다.
밤의 숲은 고요하다.
나무의 결을 어루만지며 신발을 벗는다.
축축하고 부드러운 흙의 촉감이 발바닥으로 전해진다.

곁에 서 있는 이의 온기를 느낀다.
얼마나 더 많이 너를 사랑할 수 있을까.
이렇게 사랑하다가 녹아 사라져 버리는 건 아닐까.
숲 속을 걸으며 덜컥 두려워졌다.

너의 흔적
가을의 밤

숲으로 가자
낙엽이 떨어지기 전에

이 바람
발바닥에 닿는 모래의 간질거림.

흔들리는 갈대 곁에서
내 사랑의 두려움도 발을 맞춰 걷는다.

숲으로 가자, 낙엽이 떨어지기 전에.
숲으로 가자, 함께 걷는 시간이 오늘뿐일지라도.

등산이

✖

싫은 여자

개인적으로 산을 오르는 행위는 별로다. 이유는 단순하다. 힘들기 때문이다. 건강에 좋다는 것은 알지만, 숨차게 올라 느끼는 성취와 자연의 기쁨을 나는 아직 모른다. 언젠가는 산을 오르는 행위가 좋아질지도 모르지만, 지금은 오르지 않아도 볼 수 있는 바다가 좋다. 하지만 가을이 되면 이야기가 달라진다. 새빨간 단풍이 무르익은 산은 바라만 봐도 좋다.

"포천 명성산 갈대밭이 그렇게 예쁘대!"

휴대폰으로 사진을 검색하다 가벼운 차림으로 집을 나선다. 자동차에 기름을 채우고 무작정 떠난다. 창문을 내려 손바닥을 내밀고 바람을 어루만진다. 손가락 사이로 빠져나가는 촉감에 취해 눈을 감는다.

어쩌면, 나는 출발의 기쁨에 중독되어
매번 돌아올 여행을 시작하는 건 아닐까.

산을 올라
문자 그대로
황금색으로 일렁이는 갈대밭에서
당신과 진한 입맞춤을 나눈다.

당신에 취하고
바람에 취하고
갈대에 취하고
가을에 취한다.

여행은
결심하는 순간부터

✖

시작된다

    시작은 겨울이다. 성실하게 모은 항공사 마일리지로 봄 여행을 떠나려 했더니 내가 가고 싶어 한 날은 남들도 가고 싶어 하는 날이라 좌석이 없었다. 그러다 결국 364일 전부터 예매가 시작된다는 항공권을 두 장 예약했다.

    사실 여행은 막상 떠날 때보다
    계획하고 준비하는 순간이 더 설레고 즐겁다.

    6개월 뒤에 우리는 홍콩으로 떠난다.
    100일 뒤에 우리는 홍콩으로 떠난다.
    한 달 뒤에 우리는 홍콩으로 떠난다.
    열흘 뒤에 우리는 홍콩으로 떠난다.

그동안 두 장의 홍콩행 티켓은 우리의 피곤과 슬픔과 우울을 달래 주는 언어가 된다.

"빅토리아 파크에 가서 트램을 타야지. 침사추이에 가서 〈중경상림〉에 나온 청킹맨션 앞에서 사진도 찍고, 하버시티에서 쇼핑도 하고, 매일 저녁 8시에 시작한다는 심포니 오브 라이트를 바라보며 진-한 키스를 할까. 몽콕 야시장도 가고, 리츠칼튼 118층의 오존바가 그렇게 좋다던데."

"맞아, 맞아. 그런 뒤에는 홍콩의 핫 플레이스라는 란콰이펑도 가 봐야지. 에그 타르트는 매일 2개씩 먹을 거야. 훠궈도 먹고, 마사지도 받고, 2층 버스도 타고, 페리를 타고 마카오로 가서 길을 걸어야지."

"갈 때는 뭘 입고 가지? 많이 가져가지 말고 죄다 홍콩에서 살까?"

"다음 달은 홍콩에 가야 하니까 이번 달에는 외식을 많이 못 해도 괜찮아. 책은 한 권만 가져가고, 음악은 어떤 걸 담아 가지? 아니다, 음악이 뭐가 필요해. 거리의 소음이 음악이지."

10개월 뒤에 떠나는 홍콩행 비행기 티켓은
10개월 내내 일상의 순간순간을 여행으로 만든다.

한 달 전에 홍콩을 다녀온 친구와
한 달 뒤에 떠날 여행을 이야기하며
커피콩을 갈았다.
곱게 갈린 가루를 여과지에 올리고 천천히 물을 부어
커피를 내린다.
아— 향 좋다.

시월에 떠나는 거다, 진짜.

여행자의
시계

✖

_홍콩 여행 1

긴팔에 카디건을 입고 비행기를 탔는데 공항 입구를 나
서면서는 카디건을 벗고 팔을 걷었다. 한국은 가을인데 홍
콩은 늦여름 날씨다. MTR 패스를 사서 호텔로 가는 버스를
탔다. 이 도시는 지하철 노선이 복잡하지 않고, 버스 노선
도 이용하기 편리하게 표시되어 있다.

짐을 맡기자마자 침사추이로 나가는 호텔 셔틀버스를 탔
다. 버스에 승객은 9명, 모두 한국인이었다. 나는 즐거운데
옆에 있는 그는 불편하고 불안하다. 즉흥적이고 무계획인
여행에 익숙한 나와 달리, 그는 계획적이고 섬세하다. 트렁
크에 짐을 쌀 때도 그는 목록을 적는 반면, 나는 생각나는
대로 손에 집히는 대로 짐을 넣는다.

여행자의 시간은

일상의 시간을 반으로 뚝 자른 듯 황급히 흐른다

도착하는 순간부터 즉흥적으로 행선지를 정하는 나를 보며 그는 불안해한다. 흔들리는 눈동자와 쉬지 않고 떨리는 두 다리를 보면 알 수 있다.

　"나한테 계획이 있어. 일단 침사추이에 가는 거야. 그리고 노는 거야! 놀다 저녁 8시가 되면 심포니 오브 라이트 야경을 보는 거야! 어때 환상적이지?"

　표정으로는 '대체 뭐가 환상적이라는 거야'라고 말하고 있었지만, 그는 침착했다.

　"어…어…그런데 침사추이에서는 뭘 하고 놀아?"

　"글쎄, 가면 어떻게든 되겠지. 책자를 보니까 침사추이에 뭐가 많아. 일단 내려서 생각하자."

　수심 가득한 그의 손을 이끌고 거리를 걷는다. 사람들은 즐겁다. 맥도날드와 세븐일레븐 로고에 익숙해질 만큼 걸은 뒤 그의 표정은 한결 편안해졌다. 여행자의 시간은 일상의 시간을 반으로 뚝 자른 듯 황급히 흐른다.

　해가 천천히 진다. 허유산에서 산 망고 주스를 들고 새빨간 돛을 단 아쿠아루나가 여유롭게 떠다니는 풍경을 바라본다. 심포니 오브 라이트 야경 쇼를 보기 위해 8시를 기다린다. 다양한 나라, 다양한 인종을 가진 사람들이 한 방향을 바라본다. 평화롭다. 머릿결을 넘기는 바람의 손길도 부드럽다.

도시의 불빛은 화려해지고, 다시는 이 도시에 여행오지 않을 사람처럼 많은 사진을 찍는다. 그의 불안도 사라졌다. 혼자 떠나는 여행은 자유로워 좋지만, 둘이 떠나온 여행은 아름다움을 공유할 수 있어 참 좋다.

우리는 손을 잡고 할 일 없는 사람처럼, 목적지 없이 걷는다. 낯선 도시에서, 우리는 즐겁다.

나와 함께
비행기에 탄다면

✱

손을 잡아 줘요

비행기의 이륙 직전은 늘 긴장된다. '영화나 뉴스처럼 내
가 탄 비행기가 폭발해 흔적도 없이 사라지면 어쩌지', '수
영할 줄 모르는데 바다에 떨어져 조난당하면 어쩌지', '그
래서 수영을 배워 두는 거였는데…… 돌아가면 먼저 수영
부터 등록해야지'.

눈을 감고 불안한 상황을 떠올리다 보면 손바닥엔 땀이
흥건하다. 비행기가 이륙을 준비하는 동안의 불안감은 다
시는 여행을 떠나고 싶지 않을 정도이다. 당장에라도 비행
기에서 내리고 싶을 정도이다.

하지만 비행기가 이륙해 안정적으로 비행하기 시작하면
언제 그랬냐는 듯 마음이 편해진다. 두고 온 일상의 무게

매번 극심한 공포를 느끼는 주제에
아직도 수영을 배우지 않는

게으른 나와 여행을 떠난다면
손을 꼭 잡아주길

에서 벗어난다. 달려온 낯선 공항에서 처음 느끼는 그 나라의 냄새, 그 나라의 공기는 시들했던 생에 대한 사소한 의지를 불태운다.

　매번 극심한 공포를 느끼는 주제에
　아직도 수영을 배우지 않는
　게으른 나와 여행을 떠난다면
　손을 꼭 잡아 주길.

　그 공포보다 힘이 센 가슴의 바람 소리에 충실히 반응하는 나일 테니.

우리에게도
혁명이 있을까

✖

_홍콩·여행 2

　아침 일찍 눈이 떠진다. 편의점에서 사 온 샌드위치를 입
에 물고 커피 물을 올린다. 우산혁명이 표지인 타임지를 집
는다. 홍콩은 지금 우산혁명이라 불리는 시위가 진행 중이
다. 1997년 홍콩이 중국에 반환될 당시, 많은 이들이 이민
을 선택했다. 영국의 통치를 통해 선진국형 문화를 접한 홍
콩 국민들은 중국형 반공산주의와 자본주의로 돌아가기를
거부했다. 친중국계 인사로 구성된 선거인단의 지지를 얻
어야만 홍콩 행정관 후보가 될 수 있음을 반대하기 위해 일
어난 이 시위는 사람들이 최루액과 가스를 막아 내기 위해
우산을 쓰기 시작한 데서 이름이 붙여졌다. 시위는 다수의
비즈니스가 중국과 연계된 기성세대가 아닌, 앞으로 자신
들이 살아갈 나라를 민주주의로 만들고 싶은 홍콩의 젊은

이들을 중심으로 일어났다.

'우리가 싸우지 않으면 우리의 후배들이 그 고통을 물려받는다. 이런 일이 되풀이되어서는 안 된다'라며 그들은 거리로 나섰다. '우리가 앞으로 살아갈 나라를 우리 손으로 바꿀 수 있을까.' 지하철을 타고 센트럴로 나가는 길 내내 생각했다. '그런 혁명과 뜨거움이 내게도 있을까. 있다면 어떤 방법으로 변화를 도모할 수 있을까.'

시위가 소강 시점에 접어들 때여서인지 시위 지역이던 센트럴은 조용했고, 레이디스 마켓과 야시장이 있는 몽콕도 조용했다. 하지만 오후가 되자 양쪽이 막힌 도로는 젊은 이들로 채워지기 시작했다. 크게 소란스럽지도 폭력적이지도 않았다. 그들은 대단한 변화를 바라는 것이 아닐 테다. 꿈 꿀 자유는 사치인 채 생계를 잇기 바쁜, 살기 위해 살아가는 현실을 조금이라도 바꾸고 싶은 것이다. 비단 홍콩의 문제만은 아닐 테지만.

대학 입학은 힘들고, 취업도 어렵고, 월세는 턱없이 비싸다. 더 이상 개천에서 용이 날 수 없음을 알고 있다. 젊은 사람들은 이루지 못할 꿈을 포기한지 오래다. 당장 눈앞의 것에 만족하는 인생으로 바뀌어 가고 있다.

싸우지 않으면 되풀이 된다. 《코끼리와 벼룩》이라는 찰스 핸디의 책 제목처럼, 벼룩이 코끼리만큼 뭉치면 최소한 자신의 목소리는 전할 수 있지 않을까. 그 목소리가 어딘가에 닿는다면 아주 조금씩이라도 사회가 바뀔 수 있지 않을까. 어쩌면 이것이 아무것도 하지 않은 채 현실을 부정하며 원망하는 것보다 더 나은 선택일지도 모른다. 그들을 보며 나와 우리의 미래를 생각하게 된다.

우리가 살아갈 세상을 우리 손으로 만들 수 있는 자유, 그 자유를 갈망하는 혁명의 현장 속에서 불안하고 위태로운 내 청춘의 시간도 함께 흘러간다.

몽콕에서 야우마테이까지 가는 길의
에그타르트

✱

_홍콩 여행 3

"고추장을 챙겨 오길 잘했어. 아, 맛있다!"

하루에 한 끼는 꼭 한식을 먹어야 하는 나는 며칠간 먹
은 딤섬과 우육탕면에 속이 부대꼈다. 여행은 좋아하지만,
슬프게도 현지 음식 적응력은 현저히 떨어지는 편이다. 맥
도날드에서 햄버거 세트를 시켜 포테이토에 고추장을 발
라 먹으니 속이 좀 풀린다. 낯설기 위해 떠나와서 익숙함을
찾는 아이러니라니.

"어머 이거 봐, 에그 타르트가 마카오는 9달러, 여긴 7달
러, 저긴 6달러였는데, 여기는 3달러네. 오 마이 갓!"

우리가 마음을 두는 곳이,

곧 우리의 집이니까

맥도날드에서 나와 6달러에 산 따뜻한 에그 타르트를 한 손에 쥐고 걷다, 같은 타르트를 다른 가격에 파는 가게들을 봤다. 괜스레 얄밉다.

몽콕 야시장을 구경하다 종이 카드를 산다. 기념일이 다가올 때, 서로에게 카드를 써서 읽어 주는 상상을 해 본다. 마음이 담긴 글귀는 그 어떤 거창한 선물보다 좋다.

어둠은 찾아오고, 사람들은 집으로 돌아온다. 집으로 돌아가는 사람들 틈에서 우리도 집으로 가기 위해 걷는다. 우리가 마음을 푸는 곳이, 곧 우리의 집이니까.

꼭 만나야 한다면,
그게

✖

바로 지금이었으면 좋겠다

소군 : 당해도 내가 더 당했지.

이요 : 알면서 당한 거니?

소군 : 내가 당해 주지 않으면 네가 찾지 않을까 봐 걱정
됐어. 그렇게 되면 홍콩의 유일한 친구마저 잃게
되잖아.

이요 : 사실 나도 홍콩에 친구가 몇 없어.

– 〈첨밀밀〉 중에서

1986년, 돈을 벌기 위해 홍콩에 온 소군과 이요가 만난다.
낯선 땅의 이민자로 맥도날드에서 일하며 친구가 된 둘은
사랑에 빠지지만, 소군에게는 돈을 벌면 결혼하기로 약속한
약혼녀가 있다. 가난한 고향에 약혼녀를 두고 온 소군과 부

자가 되길 꿈꾸는 이요는 짙은 외로움으로 서로에게 기댄다.

사랑하지만 함께할 수 없는 순간이 있음을 안다는 건 어른이 된다는 뜻일까. 아니면 도저히 인정할 수 없는 현실을 이해하는 척하는 것일까. 결국, 이요와 소군은 사랑하지만 미래를 함께할 수 없기에 친구라는 이름으로 남는다. 가난한 남자와 가난한 여자가 만나 가난하지 않은 마음을 나눈다.

그러다 이요는 힘겹게 모은 돈을 날리고 안마사로 일하다 돈 많은 암흑가 보스 표형을 만나 소군을 떠난다. 3년 뒤 둘은 다시 재회하지만, 소군이 약혼녀인 소정과 결혼을 한 뒤였다. 몸이 다른 사람 곁에 있다고 해도 마음까지 머물게 하지는 못한다. 소군은 이요를 잊지 못했고 이요도 소군을 그리워했다.

세월이 흘러 빛바랜 감정도 있지만
세월이 흐를수록 선명하게 기억되는 감정도 있다.
사랑이라는 감정이 생생하게 살아 숨 쉬고 있었지만
그들은 이번에도 불가피하게 헤어진다.

사랑하는 이를 잃어도 시간은 어김없이 흐른다. 소정과 이혼하고 홍콩을 떠나 뉴욕에서 일하던 소군은 이요와 함

께 좋아했던 등려군이 사망했다는 뉴스를 쇼윈도에서 듣다,
고개를 돌리는 순간 이요와 재회한다.

　만나야 할 사람은
　아무리 멀리 있어도
　아무리 오래 걸려도
　결국 만나게 되어 있다.
　하지만 바란다.
　만날 수 있다면
　꼭 그래야만 한다면
　지금,
　당신이 내 곁에 와 주면 좋겠다.

낯선,
일상,

✖

위로

어제의 나와 오늘의 나는 같지만 다르다.

11월의 나는 10월의 나와 같지만 다르다.

11월의 나는 일상의 종종걸음을 멈추고

자주 하늘을 보고

자주 운동화를 신고

일상을 낯설게 다시 볼 테다.

그렇게 얻은 낯선 시각과 따뜻한 문체로 글을 쓰고 싶다.

그렇게 쓴

내 비루한 글이 누군가에게는 위로가 되었으면.

뉴욕의
✖
가을

가을바람이 찬 이유는 따뜻한 체온으로 온기를 나누기 위해서가 아닐까요. 공원이 온통 노란빛이에요. 우리가 손을 잡고 걷던 그 길을 홀로 걸어 봅니다. 모퉁이를 돌며 만나는 작은 카페를 기억하나요? 가난한 지갑은 가난한 마음까지 물들이지 않았지요. 밤새 손을 잡고 나누던 눈빛과 입맞춤의 잔해들은 선명하게 남아 기억 속에 찬란하게 숨 쉬고 있습니다.

"세상에서 가장 무서운 밤은 당신이 없는 밤이에요."

– 〈뉴욕의 가을〉 중에서

세상에서 가장 무서운 밤을 벌써 여러 해 보냈지만, 나는 아직도 그 자리에 있어요. 가을과 겨울이 만나는 오늘은 제법 쌀쌀해 눈이라도 내릴 기세입니다. 이 길에서 우리 다시 만나면 긴 이야기는 하지 않기로 해요. 때로 말하지 않는 편이 말하는 것보다 많은 이야기를 해 주기도 하니까요.

가을은 깊고, 그리움은 더 깊습니다. 가을밤이 깊은 이유는 마음껏 그리워할 수 있게 하기 위해서가 아닐까요. 당신이 없는 밤이 깊고 깊어 갑니다.

봄날 벛꽃 그리고
너

슬픔,

✖

물 위에 잠들다

그날은 꽃이 지는 중이었고
아흔아홉을 사신 할머니의 장례를 치르는 중이었다.

돈을 벌기 위해 마지막 날 발인은 보지 못하고, 고속버스에 지친 몸을 뉘여 올라와 4시간 강의를 마친 화요일이었다. 할머니께서 갑자기 돌아가시는 바람에 대신 강의해 줄 강사를 섭외하지 못해 일을 하면서도 마음이 무겁다. 게다가 일요일부터 제대로 잠을 자지 못해 몸은 몹시 피곤한 상태였다. 퇴근 후 침대에 몸을 던지듯 누워 텔레비전을 켰다.

영화인지 현실인지 커다란 배가 바다에 기울어져 있었고, 아직 꽃도 피워 보지 못한 아이들은 차가운 바닷물 속에서 울부짖고 있었다. 대체 이게 무슨 일이지. 아이들은 왜 저기 갇혀 있는 거지.

이쪽의 삶과 저쪽의 삶을 결정하는 찰나의 순간이 있다. 생과 사를 넘나드는 경계에 서 본 적 없는 이가 감히 그 공포에 대해 상상이나 할 수 있을까. 구조 활동을 벌이고 있다는 내용만 반복될 뿐, 아이들은 끝내 돌아오지 못했다. 나라 전체에 뒤덮인 슬픔은 쉽게 가시지 않았고 노란 리본은 전국적으로 번져 갔다. 하지만 시간은 어김없이 망각을 유도했고, 그렇게 우리는 슬픔을 잊은 채 각자의 생활 속으로 들어갔다.

그리고 1년 뒤, 지인의 납골당에서 환하게 웃고 있는 그 아이들의 사진과 마주하게 됐다. 젊다고 말하기도 미안할 만큼 어리고 여린 아이들의 사진을 보며 숨이 막히게 미안해졌다.

미안해. 끝까지 지켜 주지 못해서.
미안해. 이렇게 아프게 가게 해서.
미안해. 이런 세상의 어른이라서.
미안해. 시작하는 봄날이라서…….

꽃이
진다고 해서

�֍

사랑을 잊은 적 없다

꽃이 진나고 해서 사랑을 잊은 적 없다.
꽃이 진다고 해서 사랑을 잃은 적 없다.

꽃은 져도 사랑은 가슴에 새겨진다.
꽃처럼 피고 지며 기억 속에서 생생하게 살아 숨 쉰다.
계절이 피고, 지고, 올 때마다.

꽃이 진다고 해서 사랑을 잊은 적 없다

봄비

✹

봄비가 내린다.

벚꽃이 만개했나 싶더니 어느새 세찬 비가 내린다. 아침
예보에는 없던 소낙비에 거리의 사람들은 정처 없이 뛰거
나 젖기에 적응한다. 떨어지는 빗방울 속에 나는 혼자다. 내
리는 비에 갇혀 우두커니 서 있다. 무수히 쏟아지는 저 빗방
울 중에 내 곁에 머물다 가는 것은 하나도 없다. 오늘이 지
나면 흔적 없이 사라질 것들.

어제는 골목에서 우연히 당신과 마주쳤다.
곁눈질로 당신의 야윈 손가락을 몰래 훔쳐보았다.
웃으며 '안녕' 하던 사이는
애써 무심한 척 눈을 피하는 사이가 되었다.

하찮은 인연이다.

이른 꽃비가 내린다.
아름다운 만큼 처참하게 잔인한 계절이다.

흘러가는 꽃잎처럼 아름다울 때 흔적 없이 사라지고 싶다.
물거품처럼 고요히.

우리
한번만

✖

하자

이해를 가장한 오해도.
지리멸렬하게 서로를 옭아매는 말도.
서로의 살을 갉아먹는 지독한 집착도.

가슴을 베어내는 독한 말에 몸도 마음도 너덜너덜해진다.

이제 이 지독하고 지긋지긋한 다툼도, 사랑도 끝났다지만
나는 아직도 너의 흔적에서 허우적대며 헤매고 있다.

너를 향한 그리움은
베어내고 베어내도 다시 자라는 식물처럼
꽃이 두 번 피고 지는 동안에도 자라고 또 자란다.

기다림이 깊으면

병이 된다

길을 걷다 스친 익숙한 향을 따라 서성이다 읊조린다.
기다림이 깊으면 병이 된다.

지독한 사랑
지겨운 싸움
깊은 한숨은
이제 그만하자.
한 번만 하자.
아픈 이별은.

이 외로운 이별은
한 번이면 족하지 않을까.

찬란한 봄빛에 눈이 부셔
반짝이고 따가운 것이 흘러내린다.
이것들이 흘러 너의 마음을 적셔 준다면 좋겠다.
너를 적셔 다시 나에게로 와 준다면 좋겠다.
네가 있어야 할 곳은 여기 내 곁이니까.

나는

✖

물이다

나는 물이다.

당신 미소 한 자락에 내 마음은 평온한 호수.
당신 눈짓 한 번에 내 마음은 풍랑이 이는 거친 바다.

나는 물이다.

사랑에 빠진 마음은 더 이상 잔잔할 수 없는 물이다.
물결이다.

사랑해요,
당신이 공기 속에 흐르는 순간까지

✖

모두

사랑하는 당신, 오늘은 어떤 하루를 보냈나요?

저는 아침 일찍 일어나 빨래를 돌리고 청소를 했어요. 오랜만에 묵은 먼지를 닦아내고 나니 마음까지 가벼워진 기분이에요. 토스트기에 빵을 넣고 냉장고에서 계란 두 알을 꺼내 프라이를 만들었어요. 크림치즈와 바질을 꺼내서 당신이 좋아하던 파란 접시에 담았지요. 애플 민트를 몇 잎 따 탄산수에 넣고 향을 음미하며 숨을 크게 들이쉽니다. 완연한 봄날입니다.

공기 속에도 당신이 있어요.
매 순간, 당신이 곁에 있지 않아도 당신을 느껴요.

당신이 시간 속에 함께 흐르고 흘러
홀로 있는 공간에서도 당신의 냄새, 당신의 웃음,
당신의 체온이 느껴집니다.

어느새 깨끗하게 비워진 접시를 정성 들여 닦으며
함께 먹고 마시던 그날이 떠올라 나는 또 웃어요.

고마워요 당신,
사랑하는 시간을 함께해 줘서.
지금 거기 있어 줘서.
정말이지 그거면 돼요.

더 바라면, 욕심인 거잖아요.

April in

✖

paris

거울 앞에서 보내는 시간이 많아졌다.

어떤 옷을 입고 나가야 사랑스러워 보일까.
화이트 린넨 원피스를 입을까.
사랑스러운 핑크색 재킷을 입을까.
무심한 듯 시크한 카키색 트렌치코트를 입을까.
섹시하게 블랙 미니스커트를 입을까.

블랙 미니스커트에 블랙 트렌치코트를 입고
빨간 립스틱을 바르고 당신을 그윽하게 쳐다본다면
당신이 내게 넘어와 줄까.
한참 옷을 고르다 거울에 비친 얼굴을 보았다.

연하게 상기된 두 볼의 생기가 아름답다.
소리 내 웃을 일도 아닌데 깔깔대며 혼자 웃는다.

낮잠을 자던 고양이가 실눈을 뜨고 나를 보다
다시 잠이 든다.
스튜디오의 낡은 부엌에는 찻물이 끓고 있다.
치익-
치익-
주전자의 열기만큼 뜨거운 마음으로
오늘 밤 당신과의 첫 데이트를 기다린다.

파리의 봄날은
사랑에 빠질 확률, 200퍼센트.

로마에서

✖

생긴 일

낡은 차를 타고 마중 나온 J. 그는 이 일을 하면 돈을 얼마나 많이 벌 수 있는지에 대해서 목이 아프도록 이야기했다. 내가 지불한 경비에서 그에게 돌아갈 몫을 속으로 계산하자 쉬어 버린 그의 목소리가 안쓰러워졌다. 한순간의 침묵도 싫었는지 주변에 말이 끊길라치면 휴대폰 동영상까지 틀어 심심하지 않게 해 주었다. 그런 그가 안쓰러워 애써 더 즐거운 척했다.

"열흘 동안 같은 코스를 돌았더니 목이 다 아프네요."

그는 열흘 동안 몇 명의 관광객을 맞이하고 보냈을까. 로마에 성악을 전공하러 왔다던 그는 같은 유학생이던 지금의 아내와 사랑에 빠졌고, 아이가 생겼고, 이제는 가정을 지

키기 위해서 돈이 필요하다고 했다.

콜로세움 근처의 카페에서였다. 아침을 먹지 않았다며 크루아상을 하나 더 시키며 그가 쑥스럽다는 표정을 짓는다. 콜로세움을 지나, 바티칸을 지나, 성 베드로 성당을 지나 마트에 들렀다. 물과 과일을 샀다. 타지의 마트에서 물과 과일을 사는 행위는 짧지만 이곳의 생활자가 되겠다는 의식이기도 하다. 저녁으로 중식당에 데려간 J는 아내가 좋아한다며 깐풍기를 포장 주문했다. 저녁을 다 먹고 계산할 무렵, 포장된 깐풍기가 나왔고 그는 몹시 미안한 표정을 지으며 말했다.

"이러지 않으셔도 되는데."

나는 의아해 눈을 깜빡였다. 나 역시 가난한 여행자라 그의 아내가 먹을 음식까지 사 줄 여유가 없었는데. 낡은 호텔로 돌아와 그 일에 대해 두어 번 더 생각하다 잠들었다. 깐풍기를 사 줬어야 했나.

그때로부터 꼬박 삼 년이 흐른 지금, 문득 그날의 일이 생각난다. 그는 이제 마음껏 깐풍기를 사 먹을 수 있을까. 그날의 깐풍기는 역시 내가 사 줬더라면 좋았을 텐데.

검은 눈동자 속
셀 수 없는

✱

눈동자들

　마카오를 향하는 페리를 탄 뒤 가슴이 심하게 요동쳤다.
영화에서만 보던, 말로만 듣던 마카오의 화려함을 두 눈으
로 볼 수 있다는 기쁨에 뒷자리 남자가 과격하게 씹어 대는
햄버거의 소리까지 경쾌하게 들렸다. 마카오에 도착해 짐
을 찾고 호텔 셔틀버스를 타고 가는 동안 생각보다 허전한
도시의 풍경에 의아했다. 설마설마하는 마음은 애써 감춘
채 호텔에 체크인을 하고 카지노를 둘러본다.
　"카지노에는 기계마다 CCTV가 있어. 한번 고개 들어 봐."
　넋을 잃고 카지노 기계를 구경하다가 M이 귓가에 속삭이
는 말에 고개를 들었다. 순간 셀 수 없는 검은 눈동자들과 마
주쳤다. 이 눈동자 뒤에는 또 몇 개의 눈동자가 숨어 있을까.
눈동자에 사로잡혀 숨이 막힌다. 도망치듯 카지노를 빠져나

와 길을 걸었다. 압도적으로 화려한 호텔들과 명품샵, 카지노를 뒤로한 채 15분 정도를 걸었을까. 타이파 빌리지가 나온다. 전형적인 시골 마을의 좁은 골목길은 호텔에서 본 것들과 대조된다. 생활이 있는 풍경이 펼쳐진다. 아이들은 뛰어다니고 여자들의 얼굴에는 화장기가 없다. 창문 틈으로 보이는 널어 놓은 빨래와 낮잠 자는 노인들의 모습이 정겹다.

이제야 한결 마음이 풀린 M과 나는 택시를 타고 세나도 광장으로 갔다. 마카오에 오는 대부분의 사람들이 세나도 광장을 찾지 않을까. 많은 인파 속에 성 바울 성당의 유적, 몬테 요새, 성 도미니크 성당 등의 세계 문화유산이 가까이 모여 있다. 좁은 골목을 돌고 돌아 어둠이 찾아올 때까지 걷는다. 타인과 함께 여행을 떠난다는 건 뜻밖의 감정 소모와 스트레스를 감당해야 하지만, 차츰 시간이 지나면 나아지기도 한다. 처음에는 혼자 오는 것만 못했던 M과의 여행도 시간이 지날수록 톱니바퀴가 제자리를 찾아 맞물리듯 편안해진다. 다리가 아파 어느 이름 모를 분수 앞에 주저앉았다. 아이스크림을 들고 먹으며 한참을 웃고 떠들다 다시 걷기 시작했다.

한 골목을 지날 때였다. 익숙하게 풍기는 저녁 짓는 냄새에 지금 내가 여행 중임을 깨달았다. 그곳은 집이었다. 내가 떠나온 이곳이 누군가에게는 생활이다. 내게는 일상인 곳으로 누군가는 여행을 오겠지. 누군가의 일상이 누군가에게는 여행이 된다. 어쩌면 우리는 이 지루한 일상을 낯설게 맞이하기 위해 여행을 떠나는지도 모른다.

저녁 짓는 냄새를 맡으며 길 고양이가 자는 모습을 지켜본다. 어디선가 돌아가는 선풍기 바람을 맞으며 집에 두고 온 익숙한 냄새를 상상한다. 마음이 편안해진다. 앞으로 마카오에서 카지노는 가지 않기로 결심했다. 검은 눈동자들에 둘러싸여 감시당하기 위해 여행을 떠나온 것은 아니니까. 보이지 않는 검은 눈동자들은 두고 온 일상에도 충분히 많으니까.

때로
살아갈
✖
힘이 되어 주는 것들

'이 선택이 내게 어떤 결과를 가져다줄까'
'그 일을 해야 할까, 말아야 할까'
이런 고민이라면 다른 생각 말고
일단 시작하자.
시작해도 시간은 가고
시작하지 않아도 시간은 흐른다.

"엄마는 네가 다치지 않기를 바라는 거야. 그러다 넘어지면 어떡해? 상처받지 않고, 다치지 않고, 안전하게, 편안하게, 살아가길 바라는 거라고!"

한 드라마의 대사였다. 열 살짜리 아이에게 엄마는 그렇게 말하고 있었다. 듣는 순간, 등골이 오싹해졌다.

한 번도 넘어져 보지 않고
상처 입지 않고
온실 속의 화초처럼 큰 아이가
과연 어른이 될 수 있을까?

어차피 원하지 않아도 몸이야 자연스럽게 자랄 테니 마음까지 어른이 되지 않는다 한들 무슨 상관이나 하겠지만 그런 아이가 어른이 되어 상처를 입는다면 그 무게를 과연 견뎌 낼 수 있을까?

넘어지면 일어서면 되고
상처 입으면 견뎌서 단단해지면 된다.

상처도
상실도
슬픔도
때론 살아갈 힘이 되어 주니까.
그러니까
할까 말까 고민하고 있는 일은 일단 저질러 보자.

생각은 그 일을 하면서 더 해도 늦지 않다.
이러든 저러든 시간은 가기 마련이다.

지금 이 순간만을 살자.
오지 않을 시간에 겁먹고, 두려움에 떨며
오늘의 행복을 유보하지 말자.

그렇고 그런

✖

하루

무엇이든 하고 싶은데, 무엇을 해야 할지 모르겠다.
어디든 가고 싶은데, 어디를 가야 할지 모르겠다.
배는 고픈데, 무엇을 먹어야 할지 모르겠다.
다른 일을 해 보고 싶은데, 어떻게 해야 할지 모르겠다.

무료하고 심심한 날의 연속이다.
아무런 의욕도 생기지 않는다. 나른하고 귀찮다.

시계 없이 질펀하게 잠을 자고 싶다.
언제 일어나야 한다는 강박은
잠마저도 편히 들지 못하게 한다.

생각해도 소용없는 일은 생각하지 않기로 한다.

아무것도 하지 않기로 했으니

정말이지 아무것도 하지 않을 거다.

일단 오늘은.

오늘 하루만큼은.

사월엔

✖

어제의 카레

〈심야식당〉을 보면 '카레는 하루 묵혀 먹어야 제맛'이라는 '어제의 카레'가 나온다. 감자와 양파, 당근을 툭툭 썰어 넣고 냉장고에 남아 있는 채소들도 모두 털어 뭉근하게 끓인다. 하루 식혀 다음날 따뜻한 밥에 부어 먹으면 제대로 된 집 밥을 먹는 기분이 든다. 그렇게 어제의 카레로 따뜻하게 속을 채우고 카페로 나오다 길을 잃었다.

흐드러지게 흩날리는 벚꽃 잎을 그냥 지나칠 수 없어 걷는다. 사월의 벚꽃을 보기 위해 일 년을 기다렸다. 산수유, 목련, 매화, 개나리, 진달래, 벚꽃이 차례로 피고 진다. 이 아름다운 봄날이 가면 다시 일 년을 기다려야 한다는 사실이 서글퍼 동공에 하얀 꽃잎들을 무수히 새겨 넣는다.

노트북과 책을 넣은 가방의 무게가 어깨로 느껴질 때쯤
아무 카페에 들어가 창이 넓은 자리를 찾는다.
터질 것처럼 벅찬 마음을 감당할 수 없어
나처럼 홀로 앉아 있는 이들을 둘러본다.

누구는 시험공부를 하고
누구는 휴대폰에 빠져 있고
누구는 인터넷 쇼핑을 하고
누구는 책을 읽고 있다.

이렇게 꽃피는 봄날에
벚꽃이 보이는 창 앞에서
작은 책상 위에 홀로 앉아 있는 이들에게
부엌의 큰 냄비에 담긴 어제 만든 카레를 한 접시씩
퍼 주고 싶다.
사월이니까.

집으로 가는 길에 애플 민트 화분을 사야겠다.
깨끗이 씻은 잎을 설탕에 넣고 짓이겨 라임즙을 넣고
얼음을 띄우고 탄산수와 럼을 넣어 모히토를 마셔야지.
그리고 전화를 해야지.

모히토와 어제의 카레가 있으니 우리 집으로 모이라고.

누구에게든 다정하고 싶은 사월이다.

페퍼민트

✖

한 잔 주세요

사랑을 할 때마다 커피 취향이 바뀌는 여자가 있다.

하얀 거품처럼 포근해 보이지만, 속은 쌉싸름한 남자를
만나면 카푸치노.
부드럽고 평범한 사람과 편안한 연애를 할 때는 카페라테.
매일 그녀를 울리지만, 사랑하지 않을 수 없는 남자를
만나면 에스프레소.
생각만 해도 설레는 짧은 사랑을 할 때는
캐러멜 마키아토.
친구인지 연인인지 헷갈리는 사랑은 카페 모카.
유혹하고 싶은 남자를 만날 때는 아메리카노.
친구들은 그녀가 마시는 커피를 보며 남자의 모습을

유추하곤 했다.

그런데 그렇게 연애와 커피를 좋아하던 그녀가 한동안은 커피를 마시지 않았다. 웃는 일도 드물었고, 머리를 길게 늘어뜨리지도 않았다. 허공을 보며 한숨을 쉬는 날도 늘었다. 곁에 누가 없으면 아무것도 못 하고 안절부절못하던 그녀였기에 주변에서는 빨리 새로운 사랑을 시작해 안정을 찾길 바랐다. 그런 그녀가 돌연 혼자 여행을 떠난다고 했다.

일 년의 시간이 지나고, 여행을 마치고 돌아온 그녀는 분위기가 사뭇 달라져 있었다. 검게 그을린 피부에 굽 낮은 스니커즈가 썩 잘 어울렸다.

"페퍼민트 한 잔 주세요. 아이스로요."
어딘지 모르게 청량감이 가득한 목소리였다.
왼손 넷째 손가락에 반지가 없어도
휴대폰이 울리지 않아도
더 이상 불안해하지 않는 그녀를 보며 마음이 놓였다.

이제야말로 진짜 사랑을 시작할 수 있을 테니까.
그녀가 혼자서 보낸 지난 일 년은

사랑 그대로의 사랑을 하기 위해
자신을 먼저 사랑하는 방법을 배운 시간이었을까.

찰랑거리는 아이스 페퍼민트를 마시는 그녀의 눈빛이
깊고 편안하다.

셔츠가
잘 어울리는

✖

계절

남자의 스타일은 깔끔하면 그만이라 생각하지만, 그중
에서도 편애하는 아이템이 있다면 바로 셔츠이다. 사실 셔
츠 애정자의 입장에서는 남자의 셔츠가 여자의 화장에 버
금가는 효과를 낸다.

평일에는 단추를 끝까지 채워 넥타이를 매고 재킷을 입
은 단정함이 좋다. 휴일에는 단추 하나, 두 개쯤 풀어 소매
를 걷어 올리는 여유가 좋다. 얼굴을 쓰다듬는 손길에 닿는
셔츠 소매 끝을 바라보고 있자면 황홀해진다. 그렇게 유독
셔츠가 잘 어울리는 남자가 있다.

그가 곁에 머물지 않는 시간, 어떤 셔츠가 그에게 잘 어

울릴지 고민하는 내 모습이 예뻐 보인다. 그에게 꼭 어울릴 듯한 파란색 스트라이프 셔츠를 거울 속 나에게 갖다 대본다. 셔츠를 고르며 처음으로 통통한 내 손이 섹시하다고 느껴진다.

　그에게 선물하고 싶은 이 셔츠를 내가 입으면 어떨까.
　셔츠 안에 검정색 민소매를 입고 단추는 세 개쯤 풀어야지. 무심한 듯 소매를 둘둘 걷어 올리고, 은팔찌 두 개정도는 과하지 않겠지. 아래는 검은색 스키니 진이 좋겠다. 빨간 립스틱을 바르고, 머리는 질끈 묶어 올리고, 알이 작은 목걸이를 해야지. 은색 하이힐을 신고 클러치 백을 들까, 아니면 진보라색 스니커즈를 신을까. 향수는 달콤한 걸로 두 번만 뿌리고 길을 걸어야지.

　그의 셔츠를 입고 그에게 안겨 있는 듯
　그가 없어도 그와 함께인 시간 속의 나를 상상한다.
　그를 상상하며 고른 셔츠 몇 벌을 골라 계산을 마친다.
　셔츠를 고르며 행복한 시간까지 함께 계산된다.

　연애를 시작하고 그를 위해 셔츠를 고르는 순간의 마음은 언제나 봄이다.

개화

✹

성급하게 나를 안으려 하지 말아요.
낯선 당신,
봄바람이 살랑이는 것처럼 부드럽게 다가와요.

오늘은 이 밤이 하얗게 새도록 이야기하고 싶어요.
나의 꿈
당신의 꿈
나의 어제
당신의 어제
나의 내일
당신의 내일까지.

민낯을 드러낸 생채기의 흔적을 볼 수 있다면
더할 나위 없이 좋아요.
너무 느리지도 그렇다고 성급하지도 않게
꽃 피우고 싶어요.

꽃눈이 내리는 봄밤의 서늘한 바람에 몸이 떨릴 때
우리 손을 잡고 걸어요.

저길 봐요.
나물 캐는 사람늘의 손놀림이 가볍지 않나요?
혹시 낮의 꽃과 오후의 꽃, 밤의 꽃이 어떻게 다른지
알고 있나요? 바람 따라 흐르는 물결의 표정을 봐요.

오늘 하루 어땠나요.
어딘지 모르게 눈빛이 지쳐 보여요.
이 밤의 꽃눈을 함께 맞으며 힘겨운 하루를 털어놔요.
내가 위로해 줄게요.

소소하고 다정한 이야기를 나누고 싶어요.
이 날을 위해 일 년을 기다린 봄밤인 걸요.
재촉하지 않아도 피는 봄꽃처럼

나의 마음도 당신을 향해 피고 있어요.

그러니 오늘 밤 성급하게 나를 안으려 하지 말아요.

피지도 않았는데 꺾이는 꽃은 너무 슬프잖아요.

이렇게 아름다운 봄날인데.

소년원

✖

아이들

"선생님, 우리 이야기 써 주세요! 그러면 제 이름도 주인
  공으로 써 주실 거죠?"
"알았어, 너희들 이름 꼭 써 줄게."
"적어요, 빨리. 제 이름은요."

3년 동안 한 달에 한 번 정도 소년원의 아이들을 만나러
간 적이 있다. 서랍 정리를 하다 그때 아이들의 이름을 적
은 손바닥만 한 수첩을 발견했다.
얼굴을 익히고 이야기를 나누다 보면 아이들의 마음도
열리고 변화되지 않을까 하는 일말의 기대가 있었다. 예상
대로 시간이 지나자 아이들의 마음은 조금씩 열렸고 우리
는 속 이야기를 나누게 되었다.

소년원에서 나오니 부모가 연락을 끊고 이사 가 버렸다는 아이. 요리사가 되고 싶다던 아이. 그저 세상이 싫고 모든 게 불만이던 아이. 할머니랑 둘이 사는데 혼자 계신 할머니의 건강이 걱정인 아이. 차량을 훔쳐서 파는 게 잘못인 줄 몰랐다며 자랑스럽게 무용담을 늘어놓는 아이. 하나같이 평범하고 장난기 많은 소년들이었다.

　소년원을 가기 시작한지 일 년 반쯤 되었을 때였다.
　"선생님, 저 다음 달에 나가요. 나가면 앞으로 공부도 열심히 할 거예요!"
　"그럼, 그래야지. 말썽 피우지 말고."
　"근데 P 다시 들어온 거 아세요?"
　"P가 왜?"
　"몰라요. 나갔더니 잘 데도 없고 돈도 없어서 그냥 사고 치고 다시 들어왔대요."

　다시 들어온 P에게 내가 할 수 있는 일은 고작해야 손에 들린 빵 한 조각을 쥐어 주는 것뿐이었다. 한 달에 한 번 찾아가는 일밖에 하지 않은 주제에 좋은 일을 하고 있다는 선량한 도취감에 사로잡힌 내가 순간 부끄러웠다.

아이들의 이름을 소설에 넣어 주겠다는 약속을 지키지 못한 미안한 마음을 이 짧은 글에 담는다. 녀석들의 상처가 곪지 않고 아물어 행복하길 바란다.

너에게

✖

가는 길

무심코 오른쪽으로 시선을 돌리다
심장이 반으로 갈라지는 소리를 들었다.
너에게 닿기 위한 거리가 15킬로미터밖에 남지 않았다.

지금 이 길이 너를 만나러 가는 길이라면
이 길의 끝에 네가 서 있다면
얼마나 좋을까.

아직 나를 기억하고 있을까.
물길을 막을 수 있다면 흐르는 마음도 막을 수 있을 텐데.
언제나 마음은 몸보다 먼저 너에게 달려가고 있다.

빠앙-

뒤차의 경적 소리에 정신이 든다.

왼쪽으로 가면 네가 있는 곳이지만,

나는 오른쪽으로 핸들을 튼다.

때로 생생하게 만질 수 있는 감정보다

눈부신 기억이 더 아름다운 법이니까.

너의 추억 속에서

끝까지 아름답게

푸른 시절의 생생함으로 남고 싶으니까.

어느
봄날의

✖

소개팅 대화

우리 언제 만난 적 있나요?
우리 어디선가 스친 적 있는 것 같아요.
오늘이 아니라면 어느 날 꿈속에서라도
마주쳤던 것 같아요.

홍대 놀이터에서 새벽 두 시에 활짝 웃으며 친구들과
있지 않았나요?
경리단 길을 지나 해방촌 어딘가의 작은 레스토랑에서
이태원 뒷골목의 타이 요리 집에서
신사동 가로수 길에서 아이스크림을 먹으며 지나간
적이 있지 않나요?
혹시 아니면 한강에서 매일 조깅하지 않나요?

자판기 커피를 뽑아 들고 학교 앞 도서관 벤치에서
하늘을 보지 않았나요?
청담동 클럽에서 마주치지는 않았을 거예요.
우리는 그런 흔한 인연이 아니니까요.

우리는 분명 어디서 만난 적이 있어요.
분명 어디선가 스친 적이 있을 거예요.
벚꽃 흩날리는 여의도를, 안양천을, 양재천을,
잠실 5단지를, 어린이 대공원을 거닐지 않았나요?
어쩌면 사진 속에 내가 있을지도 몰라요.
부암동 산보둥이 카페에서 커피를 마신 적이 있지
않나요?
성수동 사거리 치킨 집에서 통닭을 먹지 않았나요?
문래동 공장촌에서 비빔국수를 먹지 않았나요?
합정동에서 상수동까지 걷다가 돈가스와 쫄면을
사 먹지 않았나요?
동대문의 매운 떡볶이 집에서 옆 테이블에
앉았던 것 같아요.

어쩐지 우린 취향이 잘 통할 것 같아요.
어딘지 좀 잘 어울릴 것 같지 않나요?

만난 적이 없다면 이제부터라도 함께해요.
꿈속에서라도 우린 분명 스친 인연일 거예요.
함께하다 보면 어디서 만났는지 알 수 있을 거예요.

어디서나 볼 수 있는
아무에게나 작업 거는
그런 흔한 사람 아니에요.

그런데 우리 정말 어디서 만난 적 있지 않나요?

벗꽃 만개한 길을
우리

✖

손잡고 걸어요

봄날의 변덕을 견디며
봄비에 젖어 한껏 촉촉해진
수줍은 꽃망울이 터지기 시작하면
마음속 사랑도 활짝 핍니다.
벚꽃이 피기 시작하면 사랑을 시작할 핑계도 같이
늘어나요.

꽃이 피었으니까
꽃을 보러 길을 걸어야 한다고
이 봄에 아름답게 핀 벚꽃을 보지 않는 건
아름다움에 대한 방치이자 모욕이라고
당신에게 말할 거예요.

지리산 끝자락 섬진강 둘레 길에 가요.
경주 벚꽃 길을 걸어야 해요.
야경 속에서 경주의 밤 벚꽃을 본 적이 있나요?
진해의 군항제는요?
로망스 다리의 숨 막힐 듯 로맨틱한 벚꽃 열차를 함께
타지 않겠어요?
제주 전농로 길을 걸으며 막걸리를 마셔요.
제주 녹산로와 제주대학교의 벚꽃도 봐야 해요.
기왕이면 벚꽃을 보러 일본에 갈까요?
혹시, 아직 그건 좀 이른가요?

어디든 좋아요.
우리 함께 손을 잡고 걸을 수 있다면
낮의 벚꽃과
밤의 벚꽃을
함께 볼 수만 있다면.
어디든 좋아요.

벚꽃이 필 때
우리 사랑을 시작해요.

벚꽃이 피기 시작하면 사랑을 시작할 핑계도 같이 늘어나요

매년 벚꽃이 필 때마다 첫날의 꽃비를 기억하며
오래도록 손을 잡고 걸어요. 첫날의 설렘보다 진한
익숙함으로 편안한 연인이 되어 줄게요.

그러니 걸어요,
이 꽃비를 맞으며.
우리의 입맞춤과 눈 맞춤은 피어 있는 꽃보다
더 아름답지 않겠어요?

봄날은

✖

간다

   라디오 방송국 PD인 은수와 사운드 엔지니어 상우는 지방 방송국 라디오 프로그램에서 자연의 소리를 들려주는 프로그램을 준비하며 만난다.

   '라면 먹고 갈래요?'라는 말을 '커피 마실래요?'처럼 대수롭지 않게 하는 은수와 농담이라고는 '라면에 소주 먹으면 맛있어요'밖에 할 줄 모르는 상우는 연인이 된다.

   연애의 온도가 일정하다면 이별을 받아들이기가 조금은 수월할까. 두 사람의 사랑의 온도는 서로 달랐다. 한쪽은 아직 뜨거웠지만, 한쪽은 서서히 식어 갔다. 상대의 마음이 식은 걸 알면서도 모른 척하고 싶은 마음. 모른 척하고 있으면, 나만 그대로라면 사랑이 변하지 않을 거라는 희망을 걸어 보지만 이미 다른 남자가 생긴 은수는 상우의 지긋지긋한 순정이 버겁다. 상우는 은수가 보내지 않으면 스스로 떠날 수 없는 남자였다.

결국, 은수는 상우의 짐을 싸서 거실에 둔다. 그렇게 둘은 첫 번째 이별을 한다. 감정을 물건처럼 단번에 잘라 버릴 수 없음은 얼마나 처절하게 슬픈 일인지.

이별해 본 적 있는 사람은 안다. '헤어지자'고 말하는 순간이 진짜 이별은 아니라는 것을. 은수와 상우는 감정의 습관으로 인해 재회와 이별을 반복한다.

어쩌면 연애는 배고플 때 라면을 찾는 습관 같은 것이 아닐까. 집에 오는 길, 하루를 같이 나눌 사람이 없다는 슬픔, 함께 걷던 길을 혼자 걷게 되는 순간 무의식적으로 떠오르는 그 사람의 곁자리, 둘만이 공유했던 순간을 이제 더 이상 함께 나눌 수 없다는 사실이 사무치게 슬프다.

하지만 이별해 본 적 있는 사람이라면 이 또한 알 테다. 사무치는 슬픔도 계절이 흘러 희미해진다는 것을. 상우만큼 사랑에 무지했던 한때, 사랑해 온 시간의 곱절이 흘러야 감정이 희미해지고 진짜 헤어지는 것이란 말을 들었다. 처음에는 그 시간들을 어떻게 견뎌 내야 할지 막막해 방 안에 갇혀 울기만 했는데, 거짓말처럼 슬픔이 사라지는 것을 경험하고 안도와 허무감을 느꼈던 기억이 난다.

봄날은 간다. 그리고 또 온다. 사랑처럼. 이별의 상흔, 사랑을 잃은 날의 울부짖음도 계절이 흐를 때마다 생기를 잃고 말라 간다.

한여름 낮의
단잠

나비가

✖

되는 꿈

날갯죽지가 간지럽다.
억지로 손을 뻗어 날개 뼈를 긁어 보아도 근지러움은
해소되지 않는다. 이상하다. 햇볕 때문인가.
어제는 38도가 웃도는 뜨거운 거리에서 반나절을 넘게
서 있었다. 네가 지나는 길목에서.

네가 좋아했던 화사한 플라워 프린트 원피스를 입고
우리가 자주 가던 카페를 지나
함께 걷던 시청 앞 돌담 길부터 광화문까지 걸었다.
숨이 막히고 땀이 흘렀지만 발걸음은 말을 듣지 않는다.
몸은 너의 방향을 생생히 기억하고 있다.

너의 목소리를 만나기 위해 쨍한 한여름,

팔월의 밤거리를 걷는다

다시 나를 사랑하시 않아도 좋다.
예전처럼 다정하게 머리를 쓰다듬어 주지 않아도 좋다.
손을 잡고 걸을 수 없다 해도 좋다.
지금 그 사람이 아닌, 내가 너의 곁에 있을 수만 있다면
먼지가 되어도 좋다.
'닫힌 문을 열지 않아도 괜찮아.'
둥글게 굽은 등을 펴 주면서 하던 그 따뜻한 말을 다시
듣고 싶다. 너의 목소리를 만나기 위해 쨍한 한여름,
팔월의 밤거리를 걷는다.

경복궁을 지나 서촌으로 가는 길목
어깨 언저리가 간지러워 궁 앞에 멈춰 섰다.
오른쪽 어깨에 날개가 돋는다.
연이어 왼쪽 어깨에도 날개가 돋는다.
하얀 두 날개는 본디 몸에 붙어 있던 것처럼
팔랑팔랑 날갯짓을 한다.

몸의 기억만이 날개가 어디로 향하는지 알고 있다.

너의 자리는
아직

✖

젖지 않았지만

에어컨을 틀지 않고는 견딜 수 없는 불쾌한 끈적거림이
가득한 날이다. 순번을 정해 오면 좋으련만 좋은 일과
나쁜 일, 머리 아프고 복잡한 일은 한꺼번에 몰려온다.

이런 날에는 그 카페에 가야 한다.
머리가 복잡할 때마다 달려가던 그 카페.
자동차 시동을 켜고 북악 터널을 지나 그 카페에
도착했다. 딱히 커피가 맛있지도, 서비스가 친절하지도
않은 이곳은 내게 오랜 추억이 담긴 일기장 같은 곳이다.
시선이 닿는 곳마다
다른 시절의
같은 내가 있다.

에어컨 바람이 추워 카디건을 꺼내 입는데
마침 소낙비가 내린다.

너의 자리는 아직 젖지 않는다.
젖지 않았다고 해서 기다리는 건 아니다.

말라 버린 기억처럼
젖지 않은 너의 자리를 응시하며
욱신거리는 마음이 더 이상 슬프지 않다.

느리게 이별을 견뎌 낸 어제의 나에게
젖지 않은 자리를 내어 주련다.

마음이 붉게 타지 않아도
곁사람이 될 수 있음을 알게 해 준 너.
이제 너의 기억을 움켜쥔 양손을 자연스레 푼다.

너의 자리에 비가 내리기 시작한다.
너의 자리였던 곳에.

한강에서
맥주를

�֍

찾는 이유

답답한 가슴을 주체할 수 없어 무작정 한강을 찾았다.
강물은 여전히 고요하게 흐르고
사람들은 저마다의 목적에 충실하게 움직인다.

가만히 보면 사람들은 다르지만 비슷하게 인생을 살아
간다. 그 속에서 우리가 가장 의미 있게, 관심 있게 보살펴
주어야 할 대상은 바로 내가 아닐까.

'나의 삶'보다 '타인의 삶'에 집중하는 이들이 하는 말에
마음을 다쳤다. 눈에 보이지 않는 생채기는 어떻게 치유해
야 하는 걸까.

한숨을 쉬며 강물을 따라 걷다 보니
불쾌하게 땀이 흐른다.
흐르는 땀을 닦지 않고 그대로 둔다.
너라도 가로막히지 않고 자유롭게 흐를 수 있길.

한참을 걷는다.
서서히 발이 아파 올 때쯤이었다.
흐르는 땀으로 면 티셔츠의 절반이 젖어 있다.
이상하게 불쾌하지 않았다.

편의점에서 캔 맥주를 사 계단에 주저앉았다.
캔 입구를 손으로 대충 쓱쓱 문지르고
치익—
목구멍이 따가울 때까지 쉬지 않고 마신다.
목젖의 울림이 반복될수록 마음은 가벼워진다.

꿀꺽, 꿀꺽, 꿀꺽꺽, 꿀꺽꺽, 꺽꺽꺽…….

가슴이
답답할 때는

✖

낯선 버스를 타요

소름,
소름이 돋는다.
이 더위에 오싹하게.
이해할 수 없는 타인의 이야기에 공감하는 것은
어렵고도 피곤한 일이다.

전화기 너머의 말을 듣다 지난날 내가 했던 실수가
떠올랐다. 왜 그때 그 일이 떠올랐을까.
타인의 이야기와 실수에는 관용과 미소를 베풀면서도
내 작은 실수는 두고두고 곱씹으며 마음을 괴롭힌다.

그 정도로밖에 행동할 수 없는 시시한 나를 받아들이는 게

낯선 풍경에 넋을 놓은 채

그날의 부끄러움이 흐려지길 기대한다

타인의 이야기에 호응하는 것보다 어려운 일일까.
언제쯤이면 자책하지 않고 시시한 나를 웃어넘길 수
있을까.

일주일 전에 저지른 시답잖은 부끄러움이 떠오른다.
더 이상은 침대에 누워 있을 수 없어 문을 나선다.
버스 정류장으로 가 목적지가 낯선 버스를 탄다.

낯선 목적지에 내린다 한들 시시한 나는 그대로겠지만
버스가 그곳에 도착하는 동안 시시한 나를 받아들일 수 있
는 관용이 생기길 기대해 본다. 낯선 풍경에 넋을 놓은 채
그날의 부끄러움이 흐려지길 기대한다.

창가 쪽에 자리를 잡고 앉아 이어폰을 꺼내 양쪽 귀에
꽂고 음악을 튼다. 한숨을 크게 내쉰다.
고개를 살짝 뒤로 젖히고 눈을 감는다.

이 넓은 버스의 창처럼
내 마음도 넓고 투명해지길.
언젠가는.

한낮의

✖

빨래

　우리 집은 도시 한가운데 8차선 도로 앞에 있었다. 집에
는 옥상도 있었는데 답답할 때면 옥상으로 올라가 가로수
나무의 흔들림을 지켜보았다. 그 외에도 다양한 기쁨이 있
었는데 하늘을 보며 빨래를 널 때가 그랬다. 옥상과 베란다
가 없는 신도시로 이사 오며 물이 뚝뚝 흐르는 손빨래를 널
지 못하는 게 가장 아쉽다.

　땀과 지반의 물기마저 바짝 말리는 한여름
　바짝 말라 가는 빨래가 옥상에 널려 있다는 것은
　묘한 안도감을 준다.

　빨랫감을 한 아름 모아

치덕치덕 열 번을 문대고

흐르는 물에 여러 번 헹궈 내면

막혀 있던 문제들이 거품을 따라 흘러 내려가듯 상쾌하다.

빨랫줄에 일렬로 널린 채 물이 뚝뚝 떨어지는 빨래를

보고 있으면 가지고 있던 고민마저 희미해진다.

바짝 말라 가는 물방울에 고민도 실어 증발시킨다.

바삭바삭.

시간이 지나면 빨래가 마르듯

시간이 지나면 해결될 일들이 주변에는 참 많다.

여름밤의 후텁지근한 공기와 종일 달궈진 콘크리트

바닥의 열기를 느끼며 옥상에 주저앉는다.

한참을 멍하니 있다가 낮에 널어 놓은 빨래를 걷는다.

뜨거운 햇살에 빨래는 바삭하게 말라 있다.

마음의 습기도 어느 새 바삭하게 말라 있다.

비릿한 공기와 섬유 유연제 향이 섞인 옷에 코를 대고
냄새를 맡는다. 엄마 품에 안겨 본 기억은 별로 없지만 아
마 이런 냄새가 아닐까. 어디선가 풍겨 오는 다정한 집 냄
새가 정겹다.

7월의

✖

장미

여름은 새빨간 장미와 함께 시작된다.
빨간 꽃망울이 탐스럽게 타오를 때 여름도 타오른다.

남자의 마음도 한여름 장미처럼 타올랐을까.
남자는 말했다.
"우리 장미 보러 갈래요?"

여자는 두 번째 만나는 남자와 장미를 보러 가는 것이
내키지 않는다.
'가만히 있어도 땀이 뚝뚝 흐르는 한여름 땡볕에
장미를 보자니. 보나 마나 땀이 흘러 화장은 얼룩질 테고,
옷은 젖어 끈적일 테고 오래 걸어 발은 아프겠지.'

여자는 남자를 눈치 없는 사람이라 생각하고
오늘 이후로는 연락을 받지 않겠다고 결심한다.
여자는 입만 웃어 보이며 대답을 하지 않는다.

"잠깐만요."
남자는 트렁크에서 하늘색 운동화와 슬리퍼를 꺼내 온다.
"발 아프실까 봐요, 사실 이게 동생 것이긴 한데,
한 번도 신지는 않은 거예요! 어떤 걸로 신으실래요?"

여자는 생각한다.
'어떻게 지금 입은 파란 미니스커트에 저런 신발을 신을 수
있지? 낮은 신발을 신으면 다리가 짧아 보일 텐데.'

여자는 신발을 내려다보고는 다시 남자를 본다.
이번에는 눈도 함께 웃으며 말한다.

"고마워요, 그런데 이 신발들은 제 옷에 어울리지 않을 것
같아요. 우리 그냥 걸어요."

다시 신발을 트렁크에 넣는 남자의 뒷목에는 굵은
땀방울이 흐른다.

여자의 시선이 남자의 뒷목에 멈춘다.

그리고 여자는 생각한다.

다음에 만날 때는 손수건을 선물해야겠다고.

"장미가 참 예쁘네요! 조금 덥긴 하지만."

Rain, Hot, Rain,
Hot, Rain,

✖

Hot

차를 빌리지 않았다.

조금 느리더라도 버스와 택시 그리고 두 다리를 빌려 이
국의 섬을 여행하기로 했다. 그러다 딱 하루만 차를 빌려 남
쪽과 북쪽을 여행하기로 했다.

떠지지 않는 눈을 비비며 세수도 양치도 하지 않은 채 라
운지로 내려와 조식을 먹고 짐을 챙겨 출발한다. 가장 저렴
한 모델이라 선택한 차는 털털거리며 시골길을 달린다. 네
비게이션은 고사하고 휴대폰의 지도를 켜 보지만 인식되지
않는다. 열 번도 넘게 껐다 켰더니 될 대로 되라는 생각이 절
로 든다. 길에 몸을 맡기자 마음도 편안해진다.

일요일 한낮, 현지인들은 해변에 모여 캠핑 도구를 펼쳐 놓고 바비큐를 하고 아이들은 뛰논다. 평화로운 그 풍경 속에 들어가 어울리고 싶어 발걸음이 들썩인다.

숨 막히게 더운 날씨와 살갗이 따가울 정도로 뜨거운 태양은 길에서 오래 머무는 것을 허락하지 않는다. 차 안의 후끈한 열기는 없던 짜증도 만들어 낼 판이다. 컵 홀더에 놓아둔 아이스커피의 얼음은 열기에 녹아 미지근하다. 미지근한 커피를 마시며 달리다, 새카맣게 탄 파니니를 반쪽씩 나누어 먹고 다시 달린다. 금방이라도 뒤집힐 듯 덥던 하늘이 갑자기 비를 뿌렸다. 소나기였다. 금방 그치겠지.

밤 비행기로 도착한 첫날, 택시에는 빗물이 가득했다.
"비가 왔나 봐요. 여기 날씨는 어때요?"
대수롭지 않다는 듯 기사 청년이 대답한다.
"Rain, hot, rain, hot, rain, hot! It's Guam!"
그 밤 기사 청년의 대답이 다시금 귓가에 들린다.

갑자기 내린 소나기에 당황하지 않는다. 어차피 조금만 기다리면 그칠 테니. 변덕스러운 날씨에 당황하지 않는다. 이제, 떠날 때가 온 것 같다.

한여름의

✱

게으름

바람이 분다.
바람이 책장을 넘긴다.
해변의 선 베드에 누워 읽으려고 아껴 둔 책을 펴 놓고
읽다, 말다, 졸다, 웃다, 마시다, 먹다, 쓰다 한다.

점심으로는 해변에서 후렌치 후라이, 클럽 샌드위치,
미트 볼 파스타를 배달시킨다.
선글라스 너머 부서지는 햇살에
웃음도 부서진다.

유리잔의 얼음 가득 찰랑거리는 아이스 아메리카노를
마시고 다시 선 베드에 눕는다.

서서히 어둠이 몰려온다.

해변에서 걸어 나와

수영장 스피커에서 흘러나오는 음악에 맞춰 리듬을 탄다.

수영을 못해도 좋다. 우스꽝스럽게 보여도 좋다.

수영장에 반쯤 몸을 담그고 벽에 기대 하늘을 본다.

검은 하늘과 함께 빛나는 별과 달, 하늘, 후텁지근한

바람을 느낀다.

수영장에서 나와 비치 타월로 대충 몸을 닦고 얼음 위에

놓인 맥주 한 병을 빼 들고 잔을 부딪친다.

목구멍이 따가울 때까지 쉬지 않고 맥주를 들이킨다.

옷이 젖어도 괜찮다. 신발에 모래가 들어가도 괜찮다.

하루가 간다.

아깝지 않게.

스텝이
엉키면

✖

엉키는 대로

"두 분이 가장 마지막에 탑승 수속을 하셨어요. 죄송하지만 두 분이 떨어져 앉으셔야 하는데……."

연신 미안한 표정을 짓는 직원을 앞에 두고 우리는 동시에 서로를 바라보았다. 그리고 웃으며 말했다.
"어쩔 수 없죠, 괜찮아요."
"비행기가 지금 만석이라서요. 두 분 다 복도석이신데……."

"잘못하면 스텝이 엉키죠. 하지만 그대로 추면 돼요. 스텝이 엉키면 그게 바로 탱고지요."

– 〈여인의 향기〉 중에서

스텝이 엉키면 엉키는 대로 추면 된다.

그러면 그게 바로 탱고다.

설사 뜻대로 되지 않는 일이 있다고 해도

그냥 그 순간을 살면 된다. 그게 바로 인생이니까.

"괜찮아요, 하핫."

우리는 유쾌하게 웃어넘기며 몇 번의 농담을 건넸다.

우리는 한 시간 정도를 더 기다려야 했다.

새벽 두 시 반에 출발 예정인 비행기의 탑승 수속은

두 시부터 시작됐다.

피부색과 머리 색이 같던 여자는 나의 여권과 비행기

티켓을 받아 들더니 조용히 말한다.

"Mrs, Yoon?"

어리둥절해 하며 구석으로 따라가니 새로운 비행기 티켓

두 장이 손에 쥐어졌다.

비즈니스석으로 업그레이드되는 행운이 내게도 오다니!

스텝이 엉키면 그대로 신나게 추면 된다.

스텝이 엉켜 넘어질 수도 있지만,

더 근사한 춤이 될 수도 있다.

춤이 멈추지 않으면 행복도 멈추지 않는다.

스텝이 풀린 채 추는 춤
남들과 어딘가 다르게 추는 춤
모두 좋지 아니한가.
꼬이기도 하고, 풀리기도 하고
때로 남들과 다르게 추어도 괜찮다.
그게 바로 춤이고 인생이니까.
행운이 찾아와도, 불행이 찾아와도
크게 동요하지 않을 이유다.

발을 뻗고 담요를 덮고 눕는다.
일단 지금은 잠을 좀 자야겠다.

출국 심사를 기다리는 줄의
지루함을

✖

참아 낼 수 있는 것은

여권에 다녀온 도시의 흔적을 남길 수 있으니까.

너의 흔적이 남겨진 나처럼.

여행에서

✖

돌아와

공항버스에서 내려 눈에 익은 도시 풍경이 펼쳐지자 작은 한숨과 함께 마음이 놓인다. 익숙한 도시 소음과 매연을 맡으며 집으로 간다.

캐리어를 끌고 현관문을 열고 들어가 일단 환기부터 한다. 배달을 시킬까, 요리를 할까. 냉장고 앞에서 한참을 망설인다. 떠나기 전 비워 놓은 탓에 냉장고 속이 허전하다.

집 앞 마트로 가 콩나물과 두부 한 모, 계란, 우유, 과일을 산다. 과일을 고르며 이탈리아 마트를 떠올린다. 향을 맡으며 투명한 비닐봉지에 주섬주섬 담던 기억이 떠오른다.

다시 냉장고에 식재료들을 채워 놓고 대충 밥을 해 먹는다. 기분 좋게 부른 배를 쓸어내리며 그릇을 닦는다. 창문을 연다. 휴대폰에 스피커를 연결해 음악을 작게 튼다. 향초의 나무 심지가 타닥타닥 타들어 간다. 익숙함이 지루해 여행을 떠났던 자리는 여행에서 돌아온 뒤 다시 익숙함을 채우는 일로 시작한다.

우리는 결국 돌아오기 위해 떠나는 것이 아닐까.
익숙한 제자리의 기쁨을 되찾기 위해
멀고 먼 길을 돌아오는 게 아닐까.

오늘이 또 지리멸렬하게 느껴질 때쯤에는
부러 수고스럽게 짐을 싸고
입에 맞지 않는 음식을 입에 넣고
생활비보다 많은 비용을 지불하면서
여행을 떠날지도 모른다.

그런 의미에서 진정한 여행의 끝은
일상으로의 복귀가 아닐까.
우리는 모두 돌아오기 위해 여행을 시작하니까.

선풍기가 돌아가는 익숙한 풍경 속에 하루가 간다.

자야겠다. 익숙한 내 침대에서, 편안하게.
오늘은 왠지 깊은 숙면을 취할 수 있을 것 같다.

가끔
미치도록

✖

보고 싶은 것들

　작은 비행기를 타고 네 시간 반 정도를 날아 도착한 필리
핀 깔리보 공항. 그곳의 첫 기억은 한마디로 당혹 그 자체
였다. 더운 날씨라는 것은 갈 때부터 이미 예상했지만, 우
기가 아님에도 더운 바람과 폭풍이 몰아쳤다. 설상가상으
로 파도 때문에 발이 묶여 당일 보라카이로 들어가는 배가
뜨지 않는다고 했다.

　가이드를 따라 태풍을 피하기 위해 들어간 낡은 호텔에
는 균형을 잘못 잡으면 변기 안으로 엉덩이가 빠져 들어갈
것 같은 화장실에, 언제 빨았는지 감조차 잡을 수 없는 이
불이 전부였다. 얇은 벽에는 머리 위로 주먹 세 개가 들어가
고도 남을 정도의 구멍이 복도를 향해 뚫려 있었다. 덕분에

가끔,

미치도록
보고 싶을때가 있다

원치는 않았지만, 복도와 방의 경계는 모호해졌다. 그 구멍 사이로 알아듣지 못할 언어들이 섞였다. 오늘이 아니면 안 될 것처럼, 마치 내일이 오지 않을 것처럼 다들 밤을 새웠다.

다행히도 아침은 찾아왔다. 환전을 하기 위해 현지의 시장을 둘러보고 낡은 호텔 바에서 G7을 1달러에 사 마시는데 자꾸만 웃음이 나왔다. 이곳에 도착해 12시간 넘게 '내일은 배가 뜰까, 내일도 안 뜨면 어쩌지'라고 걱정한 탓에 일상의 걱정 따위는 새까맣게 잊고 있었다. 이것만으로도 여행을 떠나온 이유가 충분했다. 웃고 있는 사이, 태풍이 잠잠해졌다는 소식이 전해졌다. 낡은 버스에 짐과 몸을 싣고 몇 시간을 달려 작은 배를 타고 섬으로 들어갔다.

호텔에 짐을 풀고 대충 옷을 갈아입고 화이트 비치로 나왔다. 호텔과 화이트 비치, 쇼핑가인 D몰은 걸어 다닐 수 있을 만큼 가깝다. 화이트 비치는 다양한 세계인들로 들썩인다. 이 작은 바닷가를 보러 이렇게 돌아온 것인가. 허탈했던 기분은 망고 주스를 사서 빨대로 힘 차게 빨아올린 순간 기쁨으로 바뀐다. 망고의 상큼한 맛이 입안을 가득 채운다. 세 치 혀처럼 간사한 내 마음이라니. 매력 있어.

종일 바닷가에 있어도 지루하지 않다. 낮의 화이트 비치와 석양이 비치는 화이트 비치, 밤바다의 모래사장이 레스토랑과 클럽으로 변하는 이곳은 하루가 가는 게 아쉬울 정도다. 돌아갈 날이 다가올수록 마음이 급해진다. 기쁜 우리 젊은 날과 딱 어울리는 바다의 모습이다.

젊고 싱싱하고 생기 있는 섬에서 돌아온 뒤로부터는 문득문득 그 바다가 그리워진다. 컴퓨터 배경 화면을 화이트 비치로 바꾸며 그리움을 달랜다.

가끔, 미치도록 보고 싶을 때가 있다.
발가락 사이로 흩어지던 모래
그 바다
그 밤
그리고 너.

마음이
시장할 때는

✖

시장으로 가자

여행지에서 만난 시장에서 생활용품을 사 오면 그날의
추억도 같이 데려오게 된다.

지난주에는 모슬포 대정 오일장에서 핑크색 손톱깎이를
삼천 원에 샀다. 발톱까지 깎을 수 있게 크고 튼튼한 것이
색도 곱다. 그리고 시장을 돌다 만 원에 검정색 반팔 티셔
츠를 사서 갈아입고 귤도 오천 원어치 샀다.

작년 봄에는 통영의 작은 시장에서 오지 않는 그릇 가
게 주인을 30분 넘게 기다려 빨갛고 큰 꽃이 그려진 쟁반
을 샀다. 파나 나물을 다듬기 딱 좋은 가볍고 튼튼한 쟁반
을 볼 때마다 동양의 베니스라 불리는 통영 앞바다의 파도
가 일렁인다.

도시에서 사는 물건보다 촌스러울 때도 있지만
그 물건을 쓰며 그날의 기억과 기분이 생각나
다시금 행복해진다.

시장에는 마음을 데워 주는 활기가 있다.
그래서인지 도시에서 이상하게 마음이 답답하고,
허전하고, 우울하고, 심심할 때도 시장에 간다.

통인 시장에서는 기름 떡볶이와 녹두전에
막걸리를 마시고
광장 시장에서는 마약 김밥을 먹고
망원 시장에서는 손칼국수를 먹고
고속터미널 꽃 시장에서는 꽃을 구경하고
남대문 시장에서는 특유의 활기를 덤으로 얻는다.
동대문 시장에서는 세련되게 변해 가는 오늘을 보고
영동 시장에서는 떡을 한 팩 사서 오물거린다.

시장은 단순히 물건을 사러 가는 곳이 아니다.
시장한 마음을 채워 주는 삶의 활기를 사면
물건은 덤으로 딸려 온다.

차가운
도시에서

✖

다정하게 사랑하는 방법

이곳의 밤은 덥고 습하고 고요하고 한없이 쓸쓸하다.
검은 밤 속에
감정은 길을 잃고 떠돈다.

침대 위에 엎드려 노란 스탠드 불빛에 의지해
하고 싶은 많은 말을 종이에 눌러 쓴다.

보고 싶다.
보고-싶다.
보고싶 다.
보.고.싶.다.
보고 싶지만 전화를 걸어 말하지 않는다.

밤은 깊고

그리움은
더 깊다

전화를 걸어 보고 싶다고 말해 버리면
그리움이 퇴색될까 봐.
마음이 빛을 바래 힘을 잃을까 봐.

당신이 있는 그 자리에서 바람이 두 뺨을 가볍게 스친다면
그 바람은 내 그리움이 담긴 손길이라고 알아주었으면.

밤은 깊고
그리움은 더 깊다.

차가운 도시에서 다정하게 사랑하는 방법을 알려 주기
위해 나는 당신에게서 떠나왔다.

마음의 열병을 치유하기 위해
다정하고 싶은 당신에게 편지를 쓴다.
보고 싶다는 첫마디를 쓰고
편지지를 들어 미소 짓는다.

당신이 내 앞에 와 있는 것처럼 따뜻하다.

너에게
집이 되어 주고 싶던

✖

날들

버스에서 내려 집으로 가는 골목길을 돌아선다.

지친 하루의 끝에 문을 열고 들어서면
따뜻한 편안함으로 하루의 피로가 스르륵 녹아내리는 집.
부은 다리를 편히 뻗고 쉴 수 있는 집.
나는 너에게 그런 따뜻한 집이 되어 주고 싶었다.

뜨거울 걸 알면서도 뛰어든 불구덩이 속에서
너만은 재가 되지 않길 바랐다.
활활 타올라 재가 되어 먼지로 사라진 네가
떠난 여름이다.

다시
여름이다.
뜨거운 계절이다.

너와 걷던 이 길을 지금은 홀로 걷는다.
이별의 이유는 기억나지 않는다.
이별하는 날, 뒤돌아서서 삼킨 뜨거운 눈물만이
그저 아직도 목구멍에 걸려 있을 뿐.

문을 열고 들어와 불도 켜지 않고 우두커니 앉아 있다.
아무도 오지 않을 것을 알지만,
네가 쓸쓸함을 뚫고 들어와 온기를 나눠 줄 것만 같아서
한참 동안 현관문만 바라보고 있다.

'어서 와, 오늘도 수고했어.'
집으로 돌아와 신발을 벗는 너에게 해 줄 말을 연습하며.

미술관으로

✖

간다

미술관 옆 혹은 미술관 안의 카페는 추억이다.
그곳에서 참 많은 글을 썼고, 사랑을 했고, 이별을 했다.

조용히 생각을 정리하고 싶을 때
도저히 풀리지 않는 문제가 얽히고설켜
이제 그만 다른 생각으로 돌리고 싶을 때
머리가 복잡해 글자 빼곡한 책이 눈에 들어오지 않을 때
걷기 좋은 신발과 가벼운 가방을 들고
미술관으로 간다.

몇 번의 데이트를 거친 뒤, 그 남자에 대해 더 알고 싶을 때
조금은 우아한 척, 지적 허영을 내비치고 싶을 때도

Crollo del Campanile di S. Marco · 1902

미술관으로 간다
마음의 산책이 필요할 때마다

미술관으로 간다.

한여름 쨍한 대낮의 더위에 지쳤을 때
지루하게 장마가 이어질 때도
미술관으로 간다.

말하지 않아도 마음을 읽는 오랜 친구를
위로해 주고 싶을 때, 친구와 함께
미술관으로 간다.

여백이 많은 미술관의 공간이 좋다.
때로 아무것도 채워지지 않은 여백이
위로가 될 수 있기에.

미술관으로 간다.
마음의 산책이 필요할 때마다.

너는
그렇게 내게 와

✖

우산이 되었다

어쩌면 모든 일이 이렇게 완벽하게 꼬일 수 있는지를 직접 경험하게 되는 날이 있다. 회사에 다니던 시절이었는데, 아침 출근길 지각부터 시작해 담당했던 프로젝트가 가장 최악의 시나리오로 어지럽게 엉켰다. 너무 피곤하고 지쳐 어디든 숨어 펑펑 울고 싶었지만, 저녁 수업을 듣기 위해 지하철을 탔다.

'내가 쓸모 있는 인간일까' 자책하며 멍하니 지하철 계단을 올라왔더니 비가 내린다. 가방에 우산도 없는데. 겨우 택시를 잡아타고 학교에 도착해 다시 계단을 오르는데, 이번에는 정장 바짓단에 구두 굽이 걸려 철퍼덕하고 넘어졌다.

한심하다. 여름인데 날은 춥고 마음은 더없이 쓸쓸했다. 몸은 자리를 지키고 있었지만, 영혼은 일찌감치 떠나 버렸다. 그때였다. 어디선가 진동이 느껴졌다.

[뭐 해?]
[나 우산도 없고 넘어져 무릎도 다 까지고 춥고 배고파.]
[나와―]

30분 뒤, 학교 앞에 도착한 친구 녀석의 차를 타고 무작정 이태원으로 가자고 했다. 밤이 깊어도 소나기는 그칠 기미가 보이지 않았다. 차창에 떨어지는 빗방울의 개수를 세다, 대충 문 열린 카페에 들어갔다.

카페테라스에 앉아 맥주 한 병과 따뜻한 커피를 시켜 놓고 천막에 떨어지는 빗소리와 바닥의 물기를 바라보았다. 촛불과 따뜻한 잔에 몸이 녹는다. '오늘, 내 우산이 되어 줘서 고마워'라는 말은 끝내 입 밖을 나오지 못했다.

그날`내 우산이 되어 준 너는
지금 어디서, 누구의 비를 가려 주고 있을까.

그날 내 우산이 되어 준 너는
지금 어디서, 누구의 비를 가려 주고 있을까

공중전화

✖

앞에서

그때
왜
갑자기
당신의 전화번호가 스쳐 지나갔는지 모르겠다.
그렇게 뜨겁게 사랑하지도 않았고
차갑게 이별하지도 않았는데.

당신은 그렇게 좋은 사람도
나쁜 사람도 아니었다.

그리움이 짙어시는 날에도
특별히 떠오를 일이 없던 당신인데.

우연히 밤 산책을 하다
작은 구멍가게 앞 오래된 공중전화 앞에 섰는데
문득 당신의 목소리가 궁금해졌다.

주머니에서 동전을 꺼내 번호를 누른다.
마치 어제 전화한 것처럼 익숙하게.

신호는 가지 않는다.
몇 번이나 전화기를 들었다 놨다 해 보지만
여전히 먹통이다.
그 번호가 아닌가 싶어 버스 정류장에 앉아
당신의 번호를 되뇌어 본다.

누군가에게는 좋은 사람이 되어 주고 있을지.
그저 그런 평범한 연인이 아니라
따뜻한 사랑을 하고 있을지 괜히 궁금해진다.

미안하다는 말을 하지 못했다는 걸
오랜 시간이 지난 지금에서야 생각이 나
전하지 못한 마음이 공중전화 앞을 서성거린다.

미드나잇 인

✖

파리

    우디 앨런 감독의 영화 중 〈미드나잇 인 파리〉는 깊은 여름밤 자주 꺼내어 보는 영화다. 파리로 여행 온 할리우드 소설가 길은 다른 가치관을 가진 약혼녀에게 실망해 혼자 밤거리를 산책한다. 밤 12시, 종이 울리며 나타난 푸조에 탑승해 1920년대로 시간 여행을 떠나 헤밍웨이와 문학을 논하고, T.S. 엘리엇, 거트루드 스타인, 피카소, 살바도르 달리를 만난다. 피카소의 연인 아드리아나를 만나 사랑의 감정도 느낀다. 하지만 아드리아나는 길이 황금시대라 느끼는 현재가 지루하다며 과거에 머물고 싶어 한다.

    "당신이 여기 머물고 당신의 현재가 된다면
    얼마 있다 다른 시대를 꿈꾸게 될 거예요.

정말 당신의 황금시대 말이에요.
그런데 현재는 좀 불만스럽죠. 인생이 좀
불만스러우니까요."

- 〈미드나잇 인 파리〉 중에서

동경하는 과거가 현재가 된다면,
그 현재 역시 만족하지 못하고 또 다른 과거나 미래를
꿈꾸게 된다.
과거나 미래만 꿈꾸고 현재를 살지 못한다면
하루하루가 얼마나 지루할까.
늘 어딘가로 도망칠 궁리나 하고, 동경이나 할 테니.

무더운 밤, 로맨틱한 사랑에 빠지고 싶지만 현실은 외로울
때. 어디론가 떠나고 싶은데 시간은 많고 통장 잔고는 가벼
워 서글플 때. 유럽으로 향하는 14시간짜리 지루한 비행기
안에서 몇 번을 먹고, 자고, 깨기를 반복하다 샤를 드골 공
항에 내려 파리 시내를 향해 달리는 상상을 한다.

특히 영화 시작 3분간 시드니 베쳇의 'Si tu vois ma mere'
를 배경으로 파리의 다양한 표정을 촬영한 장면은 실제 파
리보다 더 아름답다.

다시 또 바람이 분다.

어디든 떠나야겠다.

어디로 갈까.

시간이 하루뿐이어도 괜찮다.

하루 만에 돌아올 수 있는 곳도 많으니.

남이섬으로 갈까.

전주 한옥 마을에 갈까.

안동에 갈까.

담양으로 갈까.

여수로 갈까.

해가 뜨면 터미널로 가서

가장 먼저 떠날 수 있는 곳으로 가야지.

　혹시 알아, 12시 종이 울리면 눈앞에 구형 푸조가 나타
날지도 모르지. 영화가 인생을 말하듯 인생도 영화가 될 거
라 기대하며.

오늘

✖

산책에서 돌아와

    시리얼과 요거트로 아침을 먹는다. 물로만 세수한 뒤 스킨을 바르고 아이 크림과 에센스를 바른다. 화장품을 집는 순서는 머리로 생각하지 않아도 손이 먼저 움직인다. 화장품이 흡수되기를 기다리며 허공을 보다 털털거리는 렌터카를 타고 이라나한 마을을 달려 만난 풍경이 눈앞에 펼쳐진다. 커피와 물을 사러 들린 마트에서 만난 이들이 생각난다. 픽업트럭 뒷좌석에 앉아 음악을 크게 틀고 얼음과 맥주를 사던 그들. 짙은 선글라스 속 눈동자에는 무엇이 담겨 있었을까.

    그날의 땀 냄새, 바람 냄새가 희미하다.
    돌아온 지 보름밖에 되지 않았는데도
    손에 잡히지 않는 먼 여행의 추억처럼 애틋하다.

여행의 잔상은 의식과 무의식의 순간을 풍요롭게 채워 준다. 애틋한 사랑의 기억이 소멸되지 않고 가슴속에 살아 숨 쉬듯 여행과 감정을 산책한 기억도 살아 숨 쉰다. 생생하게.

계절이 바뀔 때마다 각기 다른 바람이 분다.
가만히 들여다보면
감정도 계절에 따라 산책을 한다.
감정이 살아 숨 쉰다는 것은 얼마나 멋진 일인지!

길 위에서도
생활 속에서도
사랑할 때나
이별할 때나
그 순간에 느낄 수 있는 감정을 겪으며
생생한 기억을 갖는다는 것은 대단한 행운이 아닐까.
그리운 것들을 마음껏 그리워할 수 있는 여유는
감정의 사치가 아닌 '풍요'가 아닐까.

이 원고를 들고 섬으로 향하는 비행기를 탔다. 통로 쪽에 가만히 앉아 있는데 젊은 남자 둘이 와 앉는다. 얼핏 보기에도 비슷해 보이는 찢어진 청 반바지를 입고 자리에 앉아 신나게 재잘거린다. 내가 잡지를 집어 들자 그들도 눈치를 보며 따라 한다. 눈치를 보는 것도 잠시, 이내 저들끼리 킥킥거리다 본격적인 수다를 늘어놓는다. 수학여행을 가는 것 같다느니, 창문이 좀 더 커야 한다느니, 그러다 비행기가 이륙하는 순간 그들은 소리쳤다.

"오! 뜬다! 뜬다! 뜬다!"

옆자리에 앉았다는 이유만으로 그들의 흥분이 내게도 전해져 온다. 비행기를 처음 타 본다는 그들의 대화를 엿듣다가 내가 비행기를 처음 타던 그날을 떠올렸다. 나도 저들처럼 창밖에 보이는 모든 풍경에 감탄했고 연신 사진을 찍어댔다. 익숙한 것이 많다는 것은 그만큼 무뎌졌다는 의미다. 무뎌진다는 것은 그만큼 감정이 건조해졌다는 의미이기도 하고. 나는 생각보다 많이 건조해져 있었다. 건조함을 떨쳐내기 위해서라도 다시 길을 걸어야겠다.

사람을, 길 위를, 계절을, 감정을, 산책할 여유.
사소한 아름다움과 슬픔을 놓치지 않고 느낄 수 있는 마음.
그것이 바로 오늘을 살게 하는 이유가 아닐까.

여행이 반이나 남았는데도 벌써 돌아갈 날이 아쉽다.
몸에는 음식으로 인한 두드러기가 돌고

딱딱한 침대 매트리스에 잠을 설쳐도
여행이 좋은 것은 익숙한 것을 낯설게 볼 수 있으니까.

이제 그만 자야겠다.
내일도 산책을 해야 하니까.

내일은……우리, 같이 걸을까?

같이 걸을까

초판 1쇄 발행 2015년 9월 18일
초판 3쇄 발행 2017년 2월 20일

글·사진 윤정은

펴낸이 박세현
펴낸곳 팬덤북스

편집 김종훈·이선희·이단비
디자인 강진영
영업 전창열

주소 (우)121-250 서울시 마포구 성산로 144 교홍빌딩 305호
전화 070-8821-4312 | **팩스** 02-6008-4318
이메일 fandombooks@naver.com
블로그 http://blog.naver.com/fandombooks

등록번호 제25100-2010-154호

ISBN 979-11-86404-24-9 03810